정여(正如) 스님

벽파 대선사를 은사로 출가

【 수계 】
지유 스님을 계사로 사미계 수지
고암 스님을 계사로 구족계 수지

【 현재 】
대한불교조계종 법계위원회 위원
대한불교조계종 여여선원 선원장
부산종교지도자협의회 상임대표
BTN불교텔레비전 중앙이사
(재)보현장학회 이사장
(사)세상을향기롭게 대표
(사)부산광역시불교복지협의회 이사장
여산문학상 대표

【 안거 】

경북 김천 수도암
경북 현풍 도성암
경남 하동 쌍계사
경북 문경 봉암사
전남 해남 대흥사
강원 인제 백담사 무문관
경북 포항 보경사

【 역임 】

범어사 주지
부산광역시불교연합회 회장 및 이사장
대한불교교사대학 설립 및 학장
사회복지법인 보현도량 이사장
사회복지법인 범어 이사장
부산진구사회복지협의회 설립 및 회장
여여선원 미얀마 한국선원 서울 가회동 개원
참여불교운동본부 이사장
부산·경남 우리민족서로돕기운동 상임대표
부산종교인평화포럼 상임대표
사단법인 파라미타청소년연합회 회장
부산광역시도덕성회복국민운동 총재

【 저서 】

『구름 뒤편에 파란하늘이』
『구름 뒤편에 파란하늘』(상 · 하)
『알기 쉬운 금강경』
『선의 세계』
『마음의 풍경』
『시로 읽는 금강경』
『진리의 바다』
『나를 찾아가는 명상여행』
『차나 한잔』

정여 스님이 전하는 지금

머무는 그 자리에서 행복을

정여 스님이 전하는 지금

머무는 그 자리에서 행복을

글 · 그림 정여

담앤북스

책을 펴내며

세월이 물같이 흘러간다고 합니다. 그 말이 실감이 나는 것 같습니다. 세월의 흐름을 그 누가 막을 수 있겠습니까! 아무도 막을 수 없습니다.

나이가 칠십이 되면 '종심(從心)'이라고 합니다. 공자님의 말씀입니다. '종심'은 마음이 하고자 하는 일을 따라 하더라도 절대 법도(法度)를 어기지 않는 나이라고 합니다. 착하게 살고 부지런히 살고 온갖 풍파를 다 견디고 살아왔기 때문에 어떤 어려운 일이 닥치더라도 전혀 넘치거나 모자라지 않는다는 것입니다.

그리고 칠십을 살았다는 것은 인생의 승리자라는 것입니다. 어떻게 나이가 칠십이 되도록 아무 탈 없이 살아온 것인가! 신기하고 희구(喜懼)한 일입니다. 살아오면서 많은 경험을 하고, 또 보고 듣고 느끼면서 인생도 아마 조금은 더 철이 드는 것이라 생각됩니다.

이 글은 세상을 살아가면서 인생의 교훈이 될 만한 가르침을 틈틈이 적어 본 것입니다. 다행히 부처님의 가르침을 만나고 그 가르침에 힘을 얻어서 무탈하게 인생을 살아왔고 또 남아 있는 인생의 길을 가는 것입니다.

여기에 진리의 길을 가는 신도님과 믿음을 함께하고 의지하면서 인생의 길을 함께 걸어갈 수 있다는 것은 기쁨이고 행복이고 보람입니다. 신도님들이 나의 주변에 있었기 때문에 잘 쓰지도 못하는 글을 쓸 수 있는 용기가 생겼습니다. 부족한 글이지만 삶의 경험들을 함께 나눈다는 소박한 마음인 것입니다.

여기 표주박이 있습니다. 솟아나는 행복의 샘물을 마시고 삶의 갈증을 푸시기를 기도드립니다.

무문관에서 **정 여** 합장

행복,
행복은 여기에.
행복은 특정한 곳에
머무는 것이 아니라오.
서 있는 그대로
머무는 그곳에
행복이 함께한다오.
머무는 그곳에서
행복을 느껴라.
마음껏 행복에 취해라.
행복, 늘 여기에.
행복, 늘 나와 함께.

하나, 행복을 노래하다

둘、 기적은 내 안에

셋, 깨어 있는 사람

넷, 나는 오직 나의 길을

다섯、 나를 돌아보다

행복하다고 한다면
반드시 행복은 찾아올 것입니다.
기쁨도 찾아오고 즐거움도 찾아올 것입니다.
우리 모두는 행복을 노래합니다.

하나、
행복을 노래하다

행복을 노래하다

아름다운 사람

아름다운 사람은

그 내면 세계의 영혼이 아름다운 사람입니다.

영혼이 아름다운 사람은

모든 사람을

모든 동물을

모든 생명을

차별 없이 평등하게 사랑합니다.

자신을 사랑하는 것처럼

모든 중생을 함께 사랑합니다.

이웃이 아프면 마음속 깊이 함께 아파합니다.

이웃이 울면

마음껏 함께 울어 줄 수 있는 마음을 가졌습니다.

인생을 살아가면서 영혼이 아름다운 사람이 옆에 있는 것만 해도 행복합니다. 영혼이 아름다운 사람과 같이 길을 걸어가면 아무리 먼 길을 걸어도 그 마음은 힘들거나 지치지 않습니다. 자신의 영혼을 아름답게 만드는 것은 오직 자기 자신에게 달려 있습니다.

아름다운 영혼은 부처님의 자비스러운 마음과 같습니다. 부처님의 가르침 속에서 살아가는 것은 삭막한 우리들의 영혼을 아름답게 만들어 가는 일입니다. 부처님의 따뜻하고 조건 없는 사랑을 닮아 가야 합니다. 우리도 부처님같이 살아가도록 매일같이 기도드립니다. 나와 함께 살아가는 이웃과 사회를 위해서 일심으로 기도드립니다. 소외되고 힘들고 마음 아픈 이웃들의 행복을 위하여 일심으로 기도드립니다.

무심하게 보고 들어라

구름 한 점 없는 파란 하늘을 무심하게 바라보십시오.

나무들이 살고 있는 숲속을 걸어 보십시오.

마음으로 자연을 느껴 보십시오.

새들의 노랫소리와 온갖 풀벌레들의 울음소리를

무심하게 들어 보십시오.

그리고 나무 밑에 조용히 앉아서

나무들의 숨결을 느껴 보십시오.

나무는 그 자리에 그렇게 서서 일생을 살아갑니다. 온갖 세상을 나다니지 않고 나무끼리 살아갑니다. 꽃이 피고 지는 것을 바라보고 느끼면서 살아갑니다. 온갖 풀벌레 소리를 들으면서 행복하게 살아갑니다. 우리도 자연이 됩시다. 우리도 피어나는 꽃이 되어 봅시다. 모든 것 다 벗고 자연처럼 살아 봅시다. 시비와 다툼, 원망하는 마음 다 벗어 버리고 나무 밑에 앉아서 자신의 마음을 바라봅시다.

나의 마음 어느 구석에 미움과 원망이 있는지 찾아보세요. 아무리 찾아도, 나의 마음 어느 구석에도 미움과 원망은 없습니다. 우리 마음은 자연과 같습니다. 미워하지 말고 원망하지 말고 저 나무처럼 살아갑시다. 피어나는 꽃처럼 향기를 토해 내면서 살아갑시다. 우리도 자연이 되어 봅시다. 자연처럼 가식 없이 꾸밈없이 살아 봅시다. 그곳은 행복이 이어지는 아름다운 마음의 꽃동산입니다. 그곳은 즐거움이 샘솟는 곳입니다. 그곳으로 갑시다. 그 속에서 미소 짓고 향기를 토하면서 살아 봅시다.

나이 육십은 이순(耳順)이다

공자님은 나이 50세를 두고 '지천명(知天命)'이라고 했습니다. 하늘의 뜻을 알고 거스르지 않는다는 것입니다. 60세는 '이순(耳順)'이라고 했습니다. 어떤 말을 들어도 귀에 거슬리지 않는다는 것입니다. 공자님도 대단한 마음 경지를 얻으신 것 같습니다. 남이 욕을 한다거나 없는 말을 지어내어 모략을 해 온다면 누구든지 마음이 편할 리가 없을 것입니다. 그런데 공자님이 나이가 육십이 되니 누가 무슨 말을 하든지, 좋은 말이나 나쁜 말이나 욕설을 하더라도 다 받아들이고 수용하고 이해를 한다는 것입니다. 살아가면서 자신을 한번 바라보아야 합니다. 다른 사람들이 욕을 하고 비방을 해도 마음이 편안한가를 바라보는 겁니다. 모든 말을 받아들이고 이해할 수 있는 마음을 스스로 키워 나갈 때 이순(耳順)이 되는 것입니다.

염불과 기도

염불을 청아하게 잘하시는 스님의 음성은 듣기만 해도 마음이 고요하고 편안해집니다. 맑은 음성으로 목탁 소리를 반주로 해서 청아하게 울려 퍼지는 염불은 듣는 사람의 마음을 행복하게 해 줍니다. 염불이나 기도를 많이 하면 그 마음이 안정이 되어서 쉽게 들뜨지 않고 고요해집니다. 기도를 많이 하면 매사에 침착하고 차분해져서 가정에서 살림을 사는 데도 많은 도움이 될 것입니다. 또한 남의 말에 쉽게 흔들리거나 동요되지 않습니다. 기도하고 염불하는 수행을 하루 일과에서 꾸준하게 이어 가면 의식이 안정되고 맑아집니다. 그리고 인생이 아름다워지고 머무는 곳마다 여여할 것입니다.

마음 밭을 갈자

시골에서 농사를 짓다 보면 여름내 잡초를 뽑아내기에 바쁩니다. 배추, 무, 상추, 쑥갓, 열무, 고추, 호박, 오이, 토마토, 가지, 근대, 아욱, 양파, 감자, 고구마, 참깨, 들깨, 옥수수, 땅콩, 미나리, 우엉, 연근 등의 농사를 지을 때 그 농작물이 그냥 자연스럽게 여무는 것이 아닙니다. 거름을 주고 농약을 치고 잡초를 뽑아내 주어야 농작물들이 잘 자라게 됩니다.

그런데 잠시 한눈을 파는 사이에 밭에는 잡초가 무성해집니다. 한번 무성해진 잡초 밭을 가꾸기는 보통 어려운 일이 아닙니다. 이와 마찬가지로 마음도 돌보지 않으면 온갖 잡념이 자라서 순수한 마음을 황폐하게 만들어 갑니다.

수행이라는 것도 일상생활 속에서 꾸준하게
하루도 쉬지 않고 해 나가야 합니다.
하고 싶으면 하고 놀고 싶으면 놀면서는
깨달음에 도달할 수가 없습니다.
끊임없이 쌓이는 게으름 그리고 욕망의 먼지를
정진의 먼지떨이로 떨어내야 합니다.

인생은 끝없는 도전이다

인생은 살아가면서 끝없는 도전을 해 나가는 것입니다. 도전해서는 성공을 할 수도 있고 실패를 거듭할 수도 있습니다. 산악인 엄홍길 씨는 세계에서 가장 높은 히말라야 산악에 끊임없이 도전하여 열네 번 등정에 성공한 위대한 인물입니다. 하지만 그 과정을 보면 끝없는 실패를 거듭하고 역경을 이겨 내어 결국은 등정에 성공한 것입니다. 성공을 위해 뿌린 열정의 땀과 거듭되는 실패 속에서도 낙담하지 않고 오뚝이처럼 일어나는 끝없는 도전으로 결국 성공의 열매를 딸 수 있었던 것입니다.

수행자는 마음을 깨달아서 자신도 구하고 중생도 구제한다는 대원력으로 끈기 있고 줄기차게 목표를 향해 수행 정진해 나가야 합니다. 자신과의 싸움에서 스스로 무너져서는 안 됩니다. 도전하는 용기와 하고자 하는 열망, 자신과의 싸움에서 무너지지 않는 수행 의지, 그리고 성불의 열매를 얻을 수 있다는 확고한 신념을 가져야 합니다.

산악인 엄홍길 씨도 결국은 자신과의 싸움에서 승리를 거둔 것입니다. 눈보라와 싸우고 추위와 싸우고 체력과 싸우고 산소 결핍과 싸웠을 것입니다. 쉬운 일은 아무것도 없었을 것입니다. 자신과의 싸움에서 승리한 사람은 모두 위대한 분들입니다. 성불을 향한 수행자 역시 물이 흐르듯 쉬지 말고 줄기차게 노력해 나가야 합니다. 어려움이 수행을 방해하더라도 좌절하지 말고 밀고 나가다 보면 언젠가는 성불의 열매를 얻을 수 있는 것입니다.

짐을 가볍게 져라

범어사 산내 암자 금강암 불사를 하던 시절입니다.

차가 다니는 길이 없어서 일일이 등짐을 져서 짐을 올려야 했습니다. 등짐을 지고 오르다 보니 기와 한 장 더 지는 것이 절에 올라가는 데 더 힘이 들었습니다. 그러니 한 장이라도 덜 지려고 요령을 부렸습니다. 처음에는 같은 짐을 지고 올라가다가 중간에 잠시 쉬게 되면 재빨리 자신의 짐에서 한두 장의 기와를 내려서 바위틈에 숨기는 것이었습니다. 그렇게 한두 장 내려놓고 짐을 지면 훨씬 가볍고 수월하게 오를 수 있었습니다.

우리 모두는 삶이라는 무거운 짐을 지고 인생을 살아가고 있습니다. 정해진 목적지를 향해 함께 짐을 지고 가는 것입니다. 짐이 가벼운 사람은 힘들이지 않고 길을 갈 수 있습니다. 그러나 짐이 무거운 사람은 힘이 많이 들 수밖에 없습니다. 무거운 짐을 지고 힘들게 가면서 내려놓을 생각을 하지 않는 것입니다. 짐을 적게 지면 인생의 길을 가기가 수월할 텐데….

무언가 얻어야겠다고 도를 닦는 사람은 일평생 도를 닦아도 아무것도 얻지 못하고 짐만 지고 다니는 꼴입니다. 가진 것을 다 떨쳐 버려야 합니다. 다 비우고 비울 것까지도 없게 하고 길을 가야 합니다. 마음속에 아무것도 가지지 않은 상태로 돌아가는 것입니다. 얻은 것이 많을수록 삶은 힘들고 복잡합니다. 아까워하지 말고 모든 것을 비우고 또 비워서 홀가분하게 인생의 길을 가야 합니다.

행복을 노래하다

베푸는 사람이 되자

받아서 채우는 것도 기쁨입니다.

그런데 잘 헤아려 보면

받는 것보다 베푸는 기쁨이 더 큽니다.

베푸는 것은 마음속의 자비심에서 일어납니다.

베풀고자 하는 그 마음이 부처님 마음입니다.

개금복지관에서 봉사요원들과 같이 가을 김장을 담글 때였습니다. 김장을 하며 인생 사는 이야기를 주고받으면서 이야기꽃을 피워 갔습니다. 함께 봉사하시는 보살님 한 분이 지난날의 이야기를 했습니다. 남편이 사업에 실패한 후 정신적인 스트레스가 많아 소화가 잘 안 되고 이유 없이 마음이 불안하여 몸이 무척 수척해졌다고 합니다. 그러다 집 근처에 있는 복지관에서 가끔씩 봉사를 하게 되었는데 봉사를 하고 나면 왠지 마음이 뿌듯하고 이유 없는 기쁨이 마음속 깊은 곳에서 우러나온다는 것이었습니다. 그래서 그런지 건강이 좋아지고 삶 자체가 즐겁고 행복해졌다는 것입니다.

어려운 이웃과 홀로 사시는 할아버지 할머니를 돌보아 주는 갸륵한 행은 아름다운 것입니다. 작은 것 하나도 나누고 베풀 줄 아는 그 마음이 자기 자신도 행복하고 주변도 행복하게 합니다. 베푸는 마음이 곧 부처님 마음입니다. 마음속 깊이 원을 세워야 합니다. 베풀면서 사는 사람이 행복한 사람이고 우리가 살고 있는 사회를 아름답게 만들어 가는 사람입니다. 마음을 열어야 합니다. 작은 것 하나도 나눌 줄 아는 여유로운 마음을 가지고 살아가면 인생은 훨씬 아름다워집니다.

과거에 매이지 마라

지나간 과거를 애써 붙들려고 하지 마십시오.

그림자와 같은 과거를 끌어안고 있는 것입니다.

과거는 절대로 되돌릴 수 없습니다.

과거는 하룻밤 꿈과 같은 것입니다.

자신의 생각을 지나간 과거와 단절시켜 보세요.

어떠한 허망한 마음도 없습니다.

현재 지금 이 순간 이대로가 가장 소중한 것입니다.

즐거움도 괴로움도 과거의 경험에 의해서 밀려오고 밀려갑니다. 흘러간 과거도 허공과 같고, 미래도 허공과 같습니다. 이미 지나간 생각들은 현재 여기에 더 이상 존재하지 않습니다. 그런데도 사람들은 지나간 과거에 얽매여 힘들어하고 있습니다. 마음을 깨달은 성자의 입장에서 바라보면 허망한 그림자에 마음을 빼앗기고 그 그림자를 진짜라고 생각하면서 울고불고 괴로워하고 힘들어합니다. 과거는 이미 지나갔고 미래는 아직 오지 않았습니다. 과거에도 미래에도 매이지 말고 현재에도 매이지 말아야 합니다. 지금 이 순간 바로 이대로일 뿐입니다. 머물고 있는 이 자리 이곳에서 행복할 줄 알아야 합니다.

내 안에 미래가 잠들어 있다

나의 삶은 외부에 의해서 이루어지는 것이 아니라 전부가 자기 자신에게 주어져 있습니다. 오늘의 삶이 미래를 만들고 미래를 결정 짓습니다. 인생의 방향과 인생의 목적지는 자신이 판단해서 결정하는 것입니다. 자기 자신을 행복한 주인공으로 만들기 위해서는 자기 자신이 행복한 주인공으로 살아가야 합니다. 오늘의 행복이 미래의 행복입니다. 행복은 나 자신이 만들어 가는 것입니다. "나는 행복의 주인공이다."라고 힘차게 외쳐 보세요.

나의 미래는 나의 잠재의식 속에 잘 간직되어 있습니다.

내가 울고 웃고 생활하는 모든 것이 나의 잠재의식 속에

하나도 빠짐없이 기록이 되어 있는 것입니다.

마치 컴퓨터에 내장되어 있는 하드디스크처럼

나의 잠재의식 속에 나의 미래가 저장되어 있는 것입니다.

수행자에게 올리는 공양

수행을 열심히 하는 스님은 금생이 아니면 다음 생이나 미래 생에 언젠가는 마음을 깨달아서 부처님이 되시는 것입니다. 수행하고 있는 사람을 기쁜 마음으로 바라보기만 해도 큰 복을 받는 것이라고 부처님께서는 말씀하십니다. 많은 사람들이 함께 기도하는 것을 기뻐하는 것만으로도 그대는 행복해질 수 있습니다. 기도하는 사람들 틈에 서 있는 것만 해도 큰 복을 받는다고 부처님께서는 말씀을 하십니다.

참선하고 기도하는 수행자만 보아도 마음이 즐겁고 환희심이 나는 것은 지난 세상에 본인도 수행을 하고 도를 닦았기 때문입니다. 우루벨라 촌장의 딸인 수자타는 수행에 지친 싯다르타에게 진심어린 마음으로 우유죽 공양을 올리고 수자타의 공양을 받고 싯다르타 태자는 건강을 되찾아 부다가야 보리수나무 아래에서 깨달음을 얻고 성도하신 것입니다.

우리가 올리는 공양은 인간세상에서나 천상에서나 아주 수승한 복이 됩니다. 공양을 올리고 기뻐하는 마음이 있다면 더 수승한 것이 됩니다. 그 사람에게는 한 줄기 광명이 비치는 것입니다. 그 광명의 빛으로 결국에는 마음을 깨닫고 성불을 할 수 있기 때문에 수행자에게 올리는 공양은 그대로 빛이고 광명입니다. 공양은 위없는 큰 축복입니다. 그대 안에 맑은 기운이 잠재해 있기 때문에 공양을 올리는 것입니다. 공양을 올린 그 공덕으로 그대는 반드시 성불할 수 있는 것입니다.

생각이 병을 치료한다

1966년 8월 한여름 논산훈련소에서 훈련을 받을 때였습니다. 참 힘들고 어려운 시절이었습니다. 제대로 먹지도 못하고 훈련을 받으니 보통 힘든 일이 아니었습니다. 땀을 비 오듯 쏟으면서 훈련을 받았습니다. 땀을 흘리고 제대로 닦지 못하니 여름인데도 감기 환자와 배탈 환자가 많이 발생했습니다.

저녁 점호 시간 전에 환자들을 집합시켜서 의무대 병원에 갔습니다. 병원에 가면 의사가 진찰을 하는 것이 아니라 무조건 두 줄을 세웁니다. 한 줄은 몸살감기 환자, 한 줄은 설사 환자. '기타'라는 것 없이 무조건 두 줄을 세워 놓고는 약봉지 하나씩을 나누어 줍니다. 그런데 어떤 환자든 거기서 주는 봉지 약 하나만 먹으면 몸이 다 치료가 되었습니다. 약을 먹으면 나을 수 있다는 생각으로 병이 치료가 되는 것입니다.

요즘은 온갖 병도 많고 약도 넘쳐납니다. 예전에는 아무리 아파도 아스피린 두 알로 못 고치는 병이 없었습니다. 지금은 약과 의사에 더 의존하게 된 것입니다. 부처님께서는 어진 의사와 같아서 중생의 갖가지 마음 병을 다 아시고는 중생들을 위하여 갖가지 처방을 해 주십니다. 약을 먹는 것은 환자의 몫입니다. 부처님께서는 바른길로 인도해 주십니다. 욕망과 욕심에서 벗어나서 소박하고 순수한 맑은 마음으로 인생을 살도록 이끌어 주시는 것입니다.

비운 마음에 행복이

삶의 목적은 행복입니다. 누구나 행복하기를 원하고 행복해지기 위하여 온갖 노력을 기울입니다. 직장을 다니고 연구를 하고 장사를 하고 학생들이 학교에서 공부를 하는 것도 따지고 보면 미래에 행복한 삶을 살아가기 위한 일입니다. 그런데 행복해지기 위해서는 물질적인 것보다 더 소중한 것이 있습니다. 그것은 자신의 마음을 아름답게 만들고 머무는 곳에서 행복을 느끼는 것입니다. 욕심을 내기보다는 마음을 비워서 순수한 마음으로 되돌아가는 것입니다. 욕심이 많으면 다툴 일이 많아집니다. 욕심을 부리면 자신도 힘들고 주변도 힘들어집니다.

무언가 채우려는 욕심에서 행복이 얻어지는 것이 아닙니다. 자신을 낮추고 겸손하고 마음이 아름다운 사람이 행복을 얻게 됩니다. 마음을 비우고 겸허하게 살아가는 분을 보살이라고 합니다. 남을 배려하고 이해하고 포용하는 어머니 같은 마음입니다. 배타적이고 이기적인 마음은 스스로를 불행하게 만드는 지름길입니다. 자신을 진정으로 사랑하는 사람은 욕심을 비우고 겸허한 마음으로 살아갑니다. 이런 사람이 가장 행복하게 인생을 살아가는 사람입니다.

행복을 노래하다

웃음은 꽃처럼

웃음은 그대로 꽃이고 행복을 창조하고 행복을 여는 열쇠입니다. "하하하" 하고 웃는 사람 옆에만 있어도 마냥 행복해집니다. 활짝 웃고 사는 사람들의 모습은 꽃보다 더 아름답습니다. 주변에 웃고 사는 분이 계시면, 웃는 분만 아름다운 것이 아니라 함께 있는 분들도 아름답게 보입니다. 그러니까 웃고 있는 분 옆에만 있어도 행복해지는 것입니다.

옛날부터 '소문만복래(笑門萬福來)'라고 하였습니다. 웃는 집에 만 가지 복이 찾아 들어온다는 가르침입니다. 웃음소리가 나는 집은 화기애애합니다. 웃기만 해도 행복하고 건강이 좋아진다는 의학 보고도 있습니다. 거짓으로 웃는 것도 건강에 좋은가 실험해 보았는데 거짓으로 웃어도 몸에 엔도르핀이 생긴다는 것입니다. 웃으면 나도 행복하고 가정도 행복하고 우리 모두 행복해집니다. 많이 웃고 사시기 바랍니다.

뿌린 대로 거둔다

인생이란 마치 농부가 농사를 짓는 것과 같습니다. 봄에 씨앗을 뿌리면 가을에는 풍성한 열매를 수확하게 됩니다. 심지 않고 거두는 것은 없습니다. 콩 심은 데 콩 나고 팥 심은 데 팥 난다는 속담도 있습니다. 인생을 살면서 좋은 열매를 따고자 한다면 부지런히 착한 일을 해야 합니다. 나쁜 짓을 하면 인생의 좋은 열매를 딸 수가 없습니다. 착한 일 하나가 미래에 좋은 열매로 돌아오게 되는 것입니다. 따뜻한 말, 웃는 얼굴, 넉넉한 마음, 베푸는 마음 씀이 현재에도 미래에도 나를 행복하게 합니다. 남을 해치는 말 한마디가 어느 땐가 되돌아와서 나를 힘들고 아프게 합니다.

넉넉한 마음으로 살아야 합니다.
착한 마음으로 살아야 합니다.
현재의 행복과 미래의 행복을 위해서.

부처님을 미워한 사람

평소에 부처님을 미워하던 사람이 어느 날 부처님을 찾아와서 이유도 없이 부처님 얼굴에 침을 뱉었습니다. 부처님은 아무 대꾸도 없이 얼굴에 묻은 침을 닦으셨습니다. 그리고 물었습니다. “다시 내게 또 할 일이 있는가?” 옆에 앉아 있던 아난 존자가 화를 내면서, “부처님, 제가 저놈의 버릇을 고쳐 놓겠습니다.” 하고 자리에서 일어서자, 부처님께서는 아난 존자에게 자리에 앉으라고 하신 다음에 웃는 얼굴로 아난에게 말씀하셨습니다. “왜 그대는 화를 내고 분노에 빠져 있는가? 그가 내게 침을 뱉은 것은 지난 과거 생에 내가 그에게 욕을 한 적이 있기 때문이다. 그리고 나는 오늘 그 빚을 갚은 것이다. 그러니 나는 홀가분할 수밖에 없다.”

씨앗을 뿌리면 언젠가는 싹이 나서 거두게 됩니다. 모든 과거는 바로 현재입니다. 오늘 하고 있는 일들이 인(因)이 되어서 내일의 결과를 만들어 갑니다. 가만히 있는 나의 얼굴에 아무 이유도 없이 침을 뱉으면 화가 날 것입니다. 그런데 부처님은 화를 내지 않으셨습니다. 부처님은 조용히 참음으로써 전생에 지은 업장의 빚을 갚으신 것입니다.

하늘에는 때가 묻지 않는다

하늘은 더럽혀질 수가 없습니다. 하늘은 텅 빈 허공입니다. 구름이 끼고 천둥 번개가 쳐도 하늘 바탕은 맑고 깨끗한 하늘입니다. 하늘에 때가 묻지 않는 것은 형체가 없기 때문입니다. 형체가 없는 텅 빈 하늘에는 칠을 할 수가 없습니다. 검은 칠, 빨간 칠, 노란 칠을 한다고 하루 종일 붓을 들고 허공인 하늘에 칠을 해도 손톱만큼도 칠을 할 수가 없습니다. 하늘 바탕은 아무것도 없는 텅 비어 있는 공간인 것입니다.

깨달은 성인의 마음은 하늘과 같습니다. 존재하는 것은 더럽혀질 수 있지만 존재하지 않는 것은 더럽혀질 수가 없습니다. 깨달은 성자의 마음은 텅 빈 허공과 같아서 존재하지 않습니다. 그대로 무아(無我)인 것입니다. 나에 대한 어떠한 집착도 없고 관념도 없습니다. 온갖 칭찬이나 비난의 화살에도 파란 하늘처럼 흔적이 없습니다. 지혜로운 사람은 아무런 방해도 받지 않고 아무런 장애도 없습니다. 그는 바람처럼 그물에 걸리지 않는 자유인입니다.

행복을 노래하다

내려놓고 살아요

이제 지치고 힘든 마음을 내려놓으세요.

삶 속 무거운 마음의 짐을 내려놓으세요.

파란 하늘을 바라보세요.

티 한 점 없는 하늘 같은 마음으로 사세요.

욕망과 욕심은 하늘에 떠 있는 구름 같은 것.

다 내려놓고 다 벗어 버리고 텅 빈 하늘처럼

가식 없고 꾸밈없이 우리 그렇게 살아가요.

부처님께서는 삶에 지친 마음을 내려놓고 살아야 한다고 우리 마음을 어루만져 주고 계십니다. 잠시 욕심의 짐을 내려놓고 파란 하늘 같은 마음으로 돌아가세요. 그곳은 오직 맑고 깨끗한 하늘입니다. 욕망과 욕심의 짐을 벗어 던지는 순간 삶은 소박하고 아름다워집니다.

성취된다는 자신감

인생을 살아가는 데는 무엇보다도
성취할 수 있다는 자신감이 필요합니다.
자신감은 인생의 활력소와 같습니다.
또한 자신이 하고 있는 일은 성취된다는
확고한 인생철학이 있어야 합니다.
'내가 하고 있는 이 일은 반드시 성취된다.'라는 암시를
스스로 자신에게 반복해서
마음속 깊이 인식시켜야 합니다.
'나는 할 수 있다. 내 일은 반드시 성취된다.'
잠에서 깨어나자마자 마음속으로
자신감을 불어넣어 주십시오.
성취감과 자신감은 자신을 행복하게 해 주는 활력소입니다.

내게 불가능은 없다는 자신감을 가지고 있어야 합니다. 내가 하는 일은 반드시 성취된다는 자신감은 자신 앞에 닥쳐오는 어떤 일도 극복해 나갈 수 있는 힘이 됩니다. 기가 죽으면 아무 일도 할 수 없습니다. 노인들이 자살을 하는 것은 자신감이 사라지고 미래에 대한 희망이 없기 때문입니다. 희망과 자신감은 살아 있는 동안은 마음속에서 떠나지 않아야 합니다. 할 수 있다는 신념은 자신도 행복하고 주변도 행복하게 합니다.

행복,
행복은 여기에.
행복은 특정한 곳에 머무는 것이 아니라오.
서 있는 그대로 머무는 그곳에 행복이 함께한다오.
머무는 그곳에서 행복을 느껴라.
마음껏 행복에 취해라.
행복, 늘 여기에.
행복, 늘 나와 함께.

행복과 불행은 내가 만든다

우리 마음속에는 따뜻한 마음이 있는가 하면 남을 미워하고 화내고 짜증내고 원망하는 마음이 있습니다. 한 마음 안에서 두 가지 감정이 일어나고 사라지는 것입니다. 다행히 우리의 마음은 두 가지를 선택하고 분별할 능력이 있습니다. 착한 생각, 따뜻한 생각, 사랑하는 생각, 넉넉한 생각은 나를 안정시키고 나 자신을 행복하게 해 줍니다. 그와 반대로 미워하고 원망하고 화내는 마음, 짜증내는 마음은 나를 힘들고 불행하게 합니다. 어느 길을 선택해야 하는가는 본인의 의지에 달려 있습니다. 행복의 주인공이 될 것이냐 불행의 주인공이 될 것이냐는 본인의 마음이 선택하고 결정하는 것입니다.

과거에 선업을 많이 쌓은 사람은 자연스럽게 따뜻한 마음, 사랑하는 마음, 자비스러운 마음을 선택하게 되어서 그로 인하여 행복한 삶을 살아가게 됩니다. 무슨 일이든지 넉넉한 마음, 자비스러운 마음으로 판단하기 때문에 항상 그 곁에는 좋은 일들이 일어나게 되는 것입니다. 그와 반대로 전생부터 악업을 많이 쌓은 사람은 악한 생각을 먼저 일으키게 됩니다. 작은 말 한마디에도 화를 벌컥 내고 성질을 부리고 나쁜 말을 서슴지 않습니다. 이것은 과거 생부터 살아온 업에 의한 차이인 것입니다. 그래서 우리는 항상 자비스러운 마음가짐으로 살아가야 합니다. 자신의 삶을 아름답게 살고 행복하게 살도록 선근을 쌓고 실천해 나가는 데 힘써야 할 것입니다. 현재의 행복, 미래의 행복은 나 자신이 스스로 만들어 가는 것입니다.

선행 공덕은 나를 행복하게 한다

좋은 일을 행함에 부지런히 서둘러서 하라.
그리고 악하고 나쁜 일에 이끌려 가지 마라.
지붕을 성글게 이으면 빗물이 스며들게 마련이다.
마음을 단단하게 반석처럼 하라.

부처님 말씀입니다.

좋은 일은 행할수록 자신도 좋아지고 주변도 좋아집니다. 좋은 일은 금생에도 행복하고 다음 생에도 행복합니다. 시간은 쉬지 않고 흘러가서 잠깐 사이에 죽음의 문턱에 도달하게 됩니다. 부지런히 공덕 쌓고 착한 일을 행해야 합니다. 서둘러서 행해야 합니다. 그것이 현세의 행복과 내생의 행복을 이끌어 줍니다. 착한 일은 자비심에서 우러나오는 행입니다. 자비심은 꽃의 향기와 같습니다. 인품에서 우러나오는 은은한 향기가 삶의 진실한 향기입니다.

저녁노을 빛 하늘

들길을 가다 무심히 저물어 가는 하늘을 봅니다.

빨갛게 노을 빛이 짙어 갑니다.

노을 사이의 구름들도 붉게 물들어 갑니다.

말없이 서서 한동안 노을 지는 하늘을 무심히 바라봅니다.

참 아름답구나!

들길에서 바라보는 저녁노을이 나를 순수하게 만듭니다.

저물어 가는 하늘을 바라보면서

나도 저물어 가는 아름다운 노을 빛을 닮아야겠다 생각합니다.

아, 지는 해.

저물어 가는 노을 빛이 저토록 아름답습니다.

행복을 노래하다

자연처럼 소박하게

자연은 나와 한 몸

자연은 나의 집

자연은 나의 행복

자연은 어머니의 넉넉한 품속

자연으로 돌아가자.

자연처럼 살아가자.

정글에서 아무것도 가리지 않고 자연처럼 살아가는 원시 부족이 있습니다. 그들은 자연과 한 몸이 되어서 살아갑니다. 그들은 사냥도 하고 농사도 지으면서 살아갑니다. 틈틈이 발을 구르며 노래하고 춤을 추면서 살아갑니다. 노인들, 어른들, 어린이들이 함께 리듬에 맞추어 몸을 흔들고 같은 소리를 내면서 행복해합니다.

문명 속에 살아가는 우리들은 온갖 인간관계에서 나와 남을 비교합니다. 좋은 직장을 구해야 하고 좋은 집, 좋은 차, 좋은 옷을 가져야 합니다. 이런 것들을 비교하며 부자와 가난한 사람을 나누어 힘들게 살아갑니다. 우리의 마음은 자연을 닮아 가야 합니다. 미움 원망 없이 자연에서 춤을 추며 살아가는 원시 부족이 더 행복해 보입니다. 우리 모두는 자연으로 돌아가야 합니다. 설령 자연으로 돌아가지 못하더라도 자연을 사랑하고 자연 같은 마음으로 소박하게 살아야 합니다.

세상에서 가장 소중한 나

온 세상을 다 살펴보아도 나와 똑같은 사람은 없습니다. 한 어머니 배 속에서 태어난 쌍둥이도 외형적인 부분은 비슷하지만 생각하는 것, 마음 쓰는 것은 똑같을 수가 없습니다. 우리는 이 세상에서 유일무이하게 나 혼자입니다. 세상을 살아가는 나는 이 우주의 주인공입니다. 행복하고 불행한 것은 모두 나 자신에게 달려 있습니다.

나의 입장에서 보면 태양도, 파란 하늘도, 구름도, 나무도, 꽃도, 흘러가는 물도, 뛰어노는 다람쥐도, 노래하는 새도 전부 내가 존재하기 때문에 존재하는 것입니다. 그뿐만 아니라 거리에 넘쳐나는 사람들도, 자동차도, 버스도, 기차도, 비행기도 전부 내가 있기 때문에 존재하는 것입니다. 나는 소중한 존재입니다. 인생을 살아가는 데 주인공이 바로 나 자신이기 때문입니다.

그런데 주인공인 내가 주인공으로서 살지 못하고 노예로서 인생을 살아가고 있습니다. 소중한 자신이 물질적인 욕망의 포로가 되어 살아가고 있습니다. 물질적인 것뿐만 아니라 갖가지 욕망의 노예로 전락하여 괴롭게 인생을 살아갑니다. 한 분 한 분이 인생의 주인공입니다. 스스로 가만히 살펴보십시오. 나 자신은 소중합니다. 나 자신이 우주의 주인임을 깨달아야 합니다. 우리 모두는 그 어떤 욕망에서도 자유로운 사람이 되어야 합니다. 욕망에서 자유로우면 힘들어질 이유가 없습니다.

오직 그대만이
그대 자신에게
삶의 기적을 일으킬 수 있다.

오직 그대만이
그대 자신에게
삶의 희망을 열어 줄 수 있다.

둘、
기적은 내 안에

마음에 무엇을

똑같은 병에 무엇을 담느냐에 따라서
이름이 달라집니다.
병에 물을 담으면 물병이 됩니다.
병에 꽃을 꽂으면 꽃병이 됩니다.
병에 꿀을 담으면 꿀병이 됩니다.
병에 술을 담으면 술병이 됩니다.

마음속에 무엇을 담으시겠습니까?
쓰레기를 담으시겠습니까?
행복을 담으시겠습니까?
마음 안에 무엇을 담느냐에 따라서
꽃처럼 향기 나는 사람도 되고
쓰레기처럼 냄새 나는 사람도 됩니다.

오늘 우린 무엇을 가득 담을까요?

겸손, 사랑, 자비,

배려하는 마음을 가득 담으세요.

이왕이면 꽃을 담아서

향기 나는 꽃병이 되세요.

기적은 내 안에

좋은 일은 따라만 해도

인도 성지순례 중에 느낀 일입니다.

불교의 사대성지나 팔대성지를 정하여 3년에 한 번씩 인도 성지순례를 합니다. 그런데 예전에 없던 일들이 생겨났습니다. 걸식을 하며 살아가던 가난한 사람들이 수행자 흉내를 내는 것입니다. 전부 가사를 입고 걸식을 합니다. 머리를 깎은 사람도 있고 머리를 깎지 않고 모자를 눌러쓴 사람도 있습니다. 자기들끼리 농담을 하고 놀고 있다가 한국 관광객이 지나가면 재빨리 일렬로 명상을 하는 자세로 앉아서 수행하는 흉내를 냅니다. 어떤 이는 참선을 하고 어떤 이는 만트라를 암송하기도 합니다.

사성지에 앉아 있는 가짜 수행자도 가사를 입고 한 줄로 앉아 있으니까 영판 스님들이 공부하는 모습입니다. 그러니 사람들은 그냥 지나칠 수가 없어서 먹을 것이나 돈을 공양 올립니다. 가짜 수행자는 수행자처럼 앉아만 있어도 신도님들로부터 공양을 받는다는 것을 알게 되었습니다. 그런데 처음에는 가짜로 앉아서 수행자

흉내만 내었는데 그러면서 조금씩 수행의 맛을 느끼게 된 것입니다. 수행이 마음을 편안하고 행복하게 해 준다는 사실을 스스로 깨닫게 된 것입니다. 그러다 보니 진짜로 출가해서 수행을 하는 사람들이 늘어 간다는 것입니다. 처음에는 흉내를 내었는데 이제는 진짜로 수행자가 되는 것입니다.

좋은 일은 따라만 해도 공덕이 됩니다. 그러니 매일 수행 처소에 나와 기도하고 염불하는 불자님들은 자신도 모르는 사이에 부처님 마음으로 다가서게 되는 것입니다. 결국에는 성불하게 될 것입니다.

생각은 그림자 같은 것

생각은 새처럼 분주하게 날아다닙니다.

마음속에서 온갖 생각을 일으킵니다.

한 가지 생각에서 두 가지, 세 가지 생각으로 이어집니다.

생각은 내 마음속에서 스스로 일으킨 것입니다.

생각은 그림자 같은 것입니다.

생각은 아지랑이 같은 것입니다.

고정되어 변하지 않는 것이 아니라

끊임없이 수시로 변하는 것입니다.

생각은 스스로 자유롭게 일어나지만

자신이 일으킨 생각의 그림자에

이리저리 끌려다니지 말아야 합니다.

생각은 자신이 만든 그림자인 것입니다.

많은 사람들이 그림자에 속아서

괴로움을 받으며 힘들게 살아갑니다.

생각은 마음에서 일으킨 허망한 그림자임을

깨달아야 합니다.

생각의 그림자에 속지 않을 수만 있으면

그는 어디에도 구속되지 않는 자유인입니다.

기적은 내 안에

수행자의 마음가짐

모든 불자들은 수행을 통해서 그 마음이 고요하고 안정이 되어야 합니다. 기도를 하고 염불을 하고 사경을 하고 절을 하고 참선을 하는 것도 근본은 고요한 마음의 고향으로 돌아가기 위해서입니다. 그런데 수행하는 불자님들이 작은 일에 마음이 상하거나 괴로움을 당하기도 합니다.

부처님이 계신 법당에 앉을 때 앞에 앉으나 뒤에 앉으나 마찬가지입니다. 앞자리가 비어 있으면 늦게 와도 앞에 앉을 수가 있습니다. 앉는 자리에 마음을 빼앗기지 말고 자신의 수행에 마음을 집중해 나가야 합니다. 어떤 보살님은 자리를 미리 잡아놓고 좌복도 하나 더 높이 깔아 공부 판을 펴 놓고는 경책만 올려놓는 것이 아니라 온갖 살림살이를 다 펼쳐 놓습니다. 그 자리에 잘못 앉으면 시비가 생기기도 합니다.

절에 와서 기도하고 염불하는 것은 마음을 비우고 시비가 없는 마음 고향으로 돌아가기 위해서입니다. 우리 모두는 부처님을 닮아 가야 합니다. 부처님 마음은 비고 고요해서 시비를 하지 않습니다. 항상 자신을 보고 마음을 비워야 합니다. 비울 것이 없는 것까지도 비워야 시비가 사라지는 것입니다.

물이 흐르듯 자연스럽게 우리 모두 자신의 방식대로 살아야 합니다.

이리저리 비교하고 좋으니 나쁘니 하는 마음은

삶의 균형을 깨뜨리고 인생살이를 어렵고 힘들게 만듭니다.

자연은 어머니 품속과 같은 것입니다.

자연은 다툼이 없습니다.

자연처럼 물이 흘러가는 것처럼 그리 살아가야 합니다.

기적은 내 안에

나는 성공할 수 있다

인생에서 성공은 자신에게 달려 있습니다. 성공은 누가 가져다 주는 것이 아니라 자신의 꾸준하고 성실한 노력으로 만들어 가는 것입니다. 누구에게나 성공할 수 있는 기회가 균등하게 주어져 있습니다. 똑같은 목적지를 향해 노력해 가더라도 자기 자신에게 성공할 수 있다는 자신감을 불어넣는 것이 중요합니다. '나는 성공할 수 있다.'는 확고한 신념이 있어야 합니다. 그것은 믿음인 것입니다.

'나는 자신이 있다. 나는 성공할 수 있다. 나는 성공할 수 있다.'를 꾸준히 되뇌어서 스스로에게 신념을 불어넣어야 합니다. 인생의 성공은 자신감이 결정합니다. 마음속 깊이 성취된다는 자신감을 가지세요. 그리고 성공할 수 있다는 신념을 가지면 반드시 성취될 것입니다. 기도할 때도 이루어진다는 신념으로 기도를 드리면 모든 일들이 원만히 성취될 것입니다.

진정한 자유인

소유욕에서 벗어나면 그대로 자유인입니다. 더 이상 무엇을 구할 필요가 없습니다. 많은 것을 가지고 있으면서도 부족해하는 사람은 마음이 가난한 사람이 되는 것입니다. 적은 것을 가지고 있어도 마음이 넉넉한 사람은 마음속에 부족한 것이 없는 대자유인입니다. 적은 것을 가지고도 행복해하는 사람, 그 사람이 부자입니다. 진정한 자유인은 버리고 비울 것조차 없는 여여한 마음을 가지고 있기 때문에 진정으로 해탈한 도인의 경지라고 할 수 있습니다.

저녁 종소리

냇가에서 발을 담그고 손을 씻고 있는데
멀리서 저녁 종소리가 은은하게 들려옵니다.
잠시 가만히 앉아서 들려오는 종소리를
무심(無心)한 마음으로 듣습니다.
주변에 서 있는 나무들도 종소리를 듣고 있는 것 같습니다.
숲도 조용히 숙연해지는 것 같습니다.
종소리를 듣는 내 마음은 한없이 고요해집니다.
누가 나의 내면에 있어서 종소리를 듣고 있는 것 같습니다.
졸졸졸 시냇물은 그냥 흘러갑니다.
내 마음은 한없이 소박하고 순수해집니다.
댕~ 종소리가 들려옵니다.

탐욕은

탐욕은 어리석은 일입니다.

탐욕은 자신을 어리석게 만듭니다.

탐욕은 자신을 힘들게 합니다.

탐욕은 바람에 맞서 돌진하는 것과 같습니다.

탐욕은 횃불을 손에 들고 바람을 거슬러 올라가는 것과 같습니다.

탐욕 속으로 들어가면 형제도 친구도 부모도 없습니다.

오직 자기 욕심을 채우려고 온갖 심술을 부립니다.

그러다 가지고 있는 욕망의 횃불에

손이 타고 온몸이 타고 말 것입니다.

기적은 내 안에

나는 누군가

미세한 물줄기가 부단히 흐르는 것처럼

꾸준하게 쉬지 않고 수행을 지속해 나가야 합니다.

수행자는 맑게 깨어서 오직 일념으로 정진에 몰두해야 합니다.

결과에도 매이지 말아야 합니다.

매일 좌복에 앉아서 몸을 조화롭고 고르게 해 나갑니다.

자주 앉다 보면 다리도 아프지 않고 허리도 좋아집니다.

맑은 마음으로 자신을 살피면서 화두일념이 되도록

화두에 몰두해야 합니다.

나는 누군가? 나는 누군가?

나라는 생각이 나의 내면의 어디에서 일어나는가?

수행하는 나는 누구며 깨닫고자 하는 자는 누구인지를 생각하면서

나는 누군가에 몰두해 나가는 것입니다.

진아(眞我)는 밖에도 있지 않고 안에도 있지 않습니다.

존재하는 나는 누군가?

나라고 하는 구름장은 자연히 사라지고

나는 누군가 화두만 들리면 수행이 조금씩 익어 갑니다.

용을 쓰고 애를 쓰면 기력만 소모하게 됩니다.

편안한 마음으로 나 자신이 누구인지 탐구해 들어갑니다.

나는 누군가?

기적은 내 안에

본심은 항상 나와 함께

많은 중생들이 욕심과 욕망, 갖가지 허영과 교만한 마음, 잘못된 생각으로 집착과 고뇌라는 병을 앓고 있습니다. 중생들이 앓고 있는 이 병을 부처님은 보고 있을 수가 없어서 다방면으로 처방을 내려 약을 먹이려고 애를 쓰시지만 환자인 중생은 약을 먹지 않고 의사의 지시를 따르지 않습니다. 그래서 훌륭한 의사인 부처님도 중생의 아픈 병을 고칠 수 없는 경우가 있습니다. 약을 먹지 않아서 병을 고치지 못하는 것은 의사의 허물이 아닙니다. 환자의 허물입니다. 우리 마음속에 본래부터 갖추고 있는 청정한 마음은 순수해서 맑은 물과 같고 파란 하늘과 같습니다. 거짓이 없고 욕심도 없어서 한 생각 일으키기 전의 순수한 마음입니다.

우리의 본심인 참마음을 보고도 알지 못하는 것은 우리가 항상 숨을 쉬면서 공기와 같이 있어도 공기를 의식하지 못하는 것과 같습니다. 우리의 본래 마음이 우리가 생활하는 가운데 함께 있어도 알지 못하는 것은 생각이 분주하여 그 생각에 쫓고 쫓기기 때문입니다. 본심은 항상 나와 함께하고 있습니다.

도를 닦는 사람은
어느 곳에도 치우쳐서는 안 된다.
도를 닦는 사람은
물을 타고 흘러가는 뗏목처럼
양단에 치우쳐서는 안 된다.
항상 중앙을 타고 물살과 함께 흘러가야 한다.
삶의 흐름 속에 함께하라.
뗏목이 치우치지 않고 흐름에 따라 흘러가듯이
삶의 흐름과 하나가 되어라.
그리고 흘러가라.

불행의 원인

불행의 원인은 있는 그대로 살아가지 못하고
있는 그대로의 자신에게 만족하지 못하는 데 있습니다.
이대로 여기에 만족할 줄 아는 자신이 되어야
행복이 찾아옵니다.

소유지족(小有知足)이라는 가르침이 있습니다. 작은 것을 가지고 있어도 부족하지 않고 기뻐하고 즐거워하는 마음을 말합니다. 비록 작은 집에 살아도 마음이 즐거우면 극락입니다. 불행의 원인은 현재 머물고 있는 데서 만족을 느끼지 못하는 데 있습니다. 나와 남을 비교하는 데서 불행해지는 것입니다. 나는 나, 자신의 인생을 살아가야 합니다. 머무는 이대로 만족할 줄 알아야 합니다. 잘 살펴보면 나의 인생은 오직 내가 살아가는 그대로입니다. 행복과 불행도 한 생각의 차이입니다. 그냥 머물고 생활하는 이대로 행복을 느끼면 되는 것입니다.

조금만 더 비워 보세요

우리는 너무 많은 것을 가득 채우려고 합니다. 가지고 있으면서 더 채우려고 온갖 노력을 기울입니다. 더 많이 가지고 있다고 더 만족한가요. 더 많이 가지고 있다고 더 행복한가요. 욕심에 차 있는 자신을 가만히 바라보세요. 그리고 조금만 비워 보세요. 채워지는 만족감보다 비우면서 얻어지는 순수함이 더 행복한 것입니다. 조금만 더 비워 보세요. 조금만 더 양보하고 조금만 더 져 주면 삶은 지금보다 더 순수하고 아름다워집니다. 부처님께서는 비우고 살라고 인도해 주십니다. 그곳은 다툼도 없고 시비도 없는 곳입니다. 부처님 가르침처럼 우리 모두 마음을 비우고 살아 봅시다.

생각이 운명을 지배한다

우리가 방안에 앉아 조용히 명상을 하고 있는데 살인을 한 사람이 뛰어 들어오면 방안 전체에 살기가 도는 것을 느낄 수 있습니다. 한 생각 속에 미움을 갖는다면 우리의 생각은 몸과 마음이 함께 연결되어 있기 때문에 근본 의식까지도 미움으로 물들게 됩니다. 대수롭지 않게 남을 흉보고 헐뜯는 말 한마디가 엄청난 화가 되어서 언젠가는 나에게 날아오는 것을 직접 느낄 때가 있습니다. 바람에 실려 와서 떨어진 씨앗도 인연을 만나면 싹이 터서 자라고 열매를 맺는 것을 볼 수가 있는 것입니다.

우리의 한 생각이 나 자신의 몸과 마음을 지배하고 나 자신의 운명까지 결정짓게 된다는 생각을 한다면 함부로 말하고 잘못된 행동을 할 수 없게 됩니다. 그와 반대로 우리의 한 생각을 맑고 밝게 해서 살아간다면 내 마음의 의식세계가 맑고 깨끗하며 웃으며 살아가는 모습으로 바뀌게 됩니다.

웃고 사는 사람처럼 행복한 사람은 없습니다. 웃는 마음은 그대로 보살의 마음이고 부처님 마음입니다. 내가 웃으면 나만 웃는 것이 아니라 주변도 함께 웃습니다. 내가 울면 내 주변도 어두워지고 말없이 울게 되는 것입니다. 우리가 하는 말, 행동 하나하나가 나와 이웃에 영향을 미치게 되는 것입니다. 산사에서 절 한 번 하는 공덕, 염불, 좌선이 모두 부처님 마음으로 다가서고 언젠가는 마음을 깨달아 성불할 수 있는 인연이 되는 것입니다.

기적은 내 안에

나를 보게 하소서

나를 보게 하소서!

맑게 깨어서 나 자신의 마음을 돌아보게 하소서!

화가 나고 짜증이 나고 분노가 일어날 때

곧바로 알아채고 자신을 돌아보게 하소서!

'아! 잘못되었네.' 하고 바로 고칠 줄 아는

현명한 사람이 되게 하소서!

'아! 내가 또 나쁜 생각을 하고 있구나.'

바로 알아채고 '좋은 생각을 해야지.' 하고

곧바로 고칠 줄 아는 사람이 되게 하소서!

누군가를 미워하고 있을 때도

미워하는 마음을 바꾸어서

사랑하는 마음을 갖는 사람이 되게 하소서!

죽이고 싶은 나쁜 생각이 일어날 때도
'그러면 안 돼' 하고 자신을 꾸중하고
오히려 자비스러운 마음으로
모든 생명을 살려 줄 수 있는
자비스러운 사람이 되게 하소서!
이렇게 잘못된 마음이 일어날 때마다 바로 알아채고
곧바로 자신의 잘못된 마음가짐을 바꾸어 나가게 하소서!
그리하여 참다운 자기완성을 이룩해 나가게 하소서!
자신의 노력으로 자신을
행복하게 만들어 가게 하소서!

기적은 내 안에

집착하는 마음

일본에서는 원숭이를 잡을 때 주둥이가 좁은 항아리에 원숭이가 좋아하는 땅콩을 넣어 둡니다. 원숭이들은 항아리 안의 땅콩을 꺼내 먹기 위해 항아리 속에 손을 힘들게 넣어서 땅콩을 한 주먹 쥐고는 손을 빼내려 하지만 손이 빠지지 않습니다. 빈손이 겨우 들어갈 정도의 좁은 항아리 입구인데 땅콩을 한 주먹 쥐었으니 손이 빠지지 않아 사람들에게 붙잡히게 되는 것입니다.

사람들은 인생을 살아가면서 움켜쥐려고만 애를 쓰고 온통 물질에 마음을 빼앗기고 있습니다. 명예에 마음을 빼앗기고, 애욕에 마음을 빼앗기고 있습니다. 이런 것들이 중요한 것 같지만 잘 살펴보면 허망할 뿐입니다. 때로는 다 놓아 버릴 줄 알아야 합니다. 어리석은 원숭이가 주먹을 움켜쥐고 놓아 버리지 못해서 사람들에게 잡히는 것과 같습니다. 다 놓아 버리세요. 다 놓아 버릴 때 순수하고 아름답습니다. 다 비워 버린 그곳에 영원한 행복이 있습니다.

도를 닦는 수행자는

무엇을 구하려 하지도 않고

소유하려고 하지도 않습니다.

그 어디에도 집착하지 마십시오.

소유하지 않는 텅 빈 마음으로

그 어디에도 걸림 없는 가을 하늘 같은 마음으로

여여하게 사십시오.

여여한 그 마음이 그대로 부처님 마음입니다.

마음은 파란 하늘 같은 것

우리가 가지고 있는 근본 마음은
단 한 번도 생(生)하고 멸(滅)한 바가 없고
부서지거나 변하는 것도 아니기 때문에 영원불변의 존재입니다.
과거, 현재, 미래, 상하의 시공간도
한마음 속의 그림자에 불과한 것입니다.

본심(本心)은 구름이 걷힌 파란 하늘과 같습니다. 파란 하늘과 같은 참마음에는 생사도 없고 미움도 없고 번뇌도 없습니다. 어린 아이는 사실을 사실대로 봅니다. 좋으면 한없이 좋아하고 슬프면 곧바로 눈물을 흘리며 엉엉 울어 버립니다. 어린이가 가식이나 꾸밈 없이 천진하게 사물을 보는 것과 같이 선정을 닦은 수행자 역시 어린 아이처럼 순수하고 가식이 없습니다. 그렇기 때문에 자신의 마음 고향으로 돌아가서 머문 바 없이 여여하게 머물 수 있습니다.

집착으로 인해 고뇌가 온다

집착이 있는 곳에 번뇌가 있습니다.

무언가 붙들려고 하는 한 집착에 떨어지게 됩니다.

집착은 삶을 힘들게 합니다.

세상사 집착으로 인하여 온갖 괴로움이 생긴 것입니다.

집착이 사라지면 망상 번뇌도 사라지고

고통도 괴로움도 사라집니다.

집착이 없는 사람은 두려움이 없습니다.

다 놓아 버리면 자유인이고 해탈인입니다.

집착이 사라진 자리에는 번뇌가 발을 붙이지 못합니다.

나에 대한 집착이 사라진 그곳에 행복과 기쁨이 있습니다.

깨달음은 이미 나에게 와 있습니다.

꽃의 향기는 바람을 거스르지 못합니다.
전단향도, 만리향도, 천리향도 그렇습니다.
하지만 덕이 높고 행이 바른 수행의 향기는
온 세상에 아름다운 향기로 퍼지게 됩니다.

기적은 내 안에

장좌불와(長坐不臥)

장좌불와는 눕지 않고 앉아서 정진하는 것을 말합니다. 저녁에 잠을 자는 시간에도 자리에 눕지 않고 앉아서 참선 정진을 이어 갑니다. 하루에 11시간 앉아 있기가 쉽지 않습니다. 그런데 아침 점심 저녁 세 끼 밥 먹는 시간을 제외하고는 거의 좌선으로 정진을 이어 갑니다. 억지로는 쉽지 않은 일입니다. 어느 정도 선정을 익히지 않으면 불가능한 일입니다. 정진 중에 잠시 혼침(昏沈)이 와도 몸이 앞으로 옆으로 휘청거리지 않습니다. 꼿꼿하게 앉아서 정진하는 것은 선정의 힘이 아니고는 불가능한 것입니다.

정진 중에 2~3시간 그냥 앉아 있기도 쉽지 않습니다. 억지로 참고 노력을 해도 3시간 앉아 있기가 어려운데 밤새도록 그리고 오전 오후 앉아서 정진을 하는 것은 하루 이틀 정도는 가능하지만 꾸준히 이어 가기는 힘듭니다. 오직 선정의 힘인 것입니다. 화두가 무르익어서 일념이 되고 앉아 있어도 앉아 있음을 잊을 정도로 선정의 힘이 깊어진 수행자에게 가능한 일입니다. 이왕에 정진을 시작했으니 선각자들의 장좌불와정신을 이어 가야 한다는 생각이 듭니다.

좌탈입망(坐脫立亡)

정진을 많이 하고 선정의 힘을 얻으신 큰스님들께서는 적정열반에 드실 때에도 누워서 열반에 드는 것이 아니라 앉아서 좌선하는 자세로 육신을 벗고 고요한 적멸(寂滅)의 세계로 들어간 바 없이 들어갑니다. 참선 납자가 정진을 할 때 얻어진 선정의 힘은 고요하고 흔들리지 않음이 마치 수미산과 같아야 합니다. 정진 중에 잠시만 한눈 팔아도 몸이 앞으로 옆으로 휘청거리게 됩니다. 조금만 졸아도 앞으로 고개가 숙여지고 몸이 끄덕거려집니다. 어느 수행하시는 스님은 앉아서 잠을 잘 주무신다고 하는데 앉아서 좌선하는 자세로 잠을 자는 것도 아무나 하는 것이 아닙니다. 고요해서 움직이지 않는 마음의 선정을 어느 정도 얻어야 가능한 일입니다.

소납이 쌍계사 금당선원에서 정진하고 있을 때입니다.

지리산 청학동 근방에서 수행을 하시는 명문 스님이라는 분이 있었습니다. 하루는 명문 스님이 전화로 도반 스님들께 하직 인사를 나누었다는 것입니다. 그 스님이 머무는 토굴에는 시봉을 하는 노보살님이 한 분 계셨습니다. 노보살님은 평소처럼 스님 방문 앞에서 문안 인사를 드리고는 “스님! 방에 불을 더 땔까요?” 하고 여쭈었습니다. 그러나 스님은 대답이 없었습니다. 보살님이 가만히 문을 열고 방안을 들여다보니 명문 스님이 고요히 앉아서 참선을 하고 계시는 것이었습니다. 평소 같으면 “불을 더 때라.” 아니면 “그만 때라.”거나 “노보살님 올라왔습니까?” 하는 말씀이 있었을 텐데 답이 없어서 문을 닫고 잠시 토굴 청소를 하였습니다. 청소를 마치고 다시 방문 앞으로 가서 “스님! 스님!” 하고 불렀습니다. 그러나 응답이 없어서 방문을 열고는 정진하시는 스님 옆으로 다가가서 코 앞에 손가락을 가까이 대어 보니 전혀 숨결이 느껴지지 않는 것이었습니다. 그때 노보살은 명문 스님이 좌탈입망(坐脫立亡)하신 것 같다는 생각이 번뜩 들어서 가깝게 정진하는 도반 스님께 연락을 했습니다. 날도 추운 한겨울에 인근 선방과 토굴에서 정진하는 수행자들이 모이게 되었습니다.

쌍계사 선원에서는 선덕으로 수행하시는 정찬 스님과 소납이 대표로 참석해서 명문 스님의 산중 다비를 보게 되었습니다. 명문 스님이 정진하는 토굴 근방의 죽은 소나무를 자르고 평소 해 놓은 장작으로 간단한 다비식을 가졌습니다. 앉아서 입적을 하셔서 일반인이 쓰는 관에는 모실 수가 없어서 나무로 관처럼 만들고 스님을 모신 것입니다. 비록 일찍 가셨지만 수행자들의 마음속에 깊은 감명을 심어 주었습니다.

수행자는 마지막 숨이 떨어질 때 어떤 모습으로 입적을 하는가도 중요합니다. 죽는 문제, 생사를 자유자재한다는 것은 그만큼 선정의 힘과 수행력이 깊어지지 않으면 불가능한 일이기 때문입니다. 명문 스님의 좌탈입망은 산중에서 수행하시는 스님들에게 귀감이 되었습니다.

기적은 내 안에

두려움은 스스로 만든다

마음속의 두려움은 내 생각이 스스로 만드는 것입니다. 우리의 마음이 두려움을 창조해서 내놓는 것입니다.

달마 대사에게 신광이라는 제자가 있었습니다. 신광은 스승을 찾아가서 자기 마음속의 두려움을 해결해 달라고 사정을 하였습니다. 달마 대사는 "네 마음이 그리도 두려우냐! 그렇다면 두렵다는 그 마음을 찾아서 내놓아 봐라."고 하였습니다. 신광은 두렵다는 마음을 마음속 깊이 찾아보았으나 아무리 찾아도 찾을 길이 없었습니다. "스승님, 아무리 찾아보아도 마음 어느 구석에서도 두려움을 찾을 길이 없습니다." 달마 대사는 "그래. 그렇다면 너의 마음속에 본래부터 두려움은 없었던 것이 아니냐." 하고 답하였습니다. '아! 그래. 내 마음속에 본래부터 두려움이 없었던 것이야.' 신광은 마음을 깨달아 자유인이 되었습니다.

두려움, 고통, 괴로움은 내 생각이 만든 그림자입니다. 이 모든 것이 그림자와 같은 것임을 마음속 깊이 깨달아야 합니다.

내가 웃으면 주변도 웃는다

나 자신의 마음속에서 끊임없이 일어나는 생각들이 눈에 보이는 것은 아니지만 자세히 관찰해 보면 우리가 살고 있는 주변에 곧바로 영향을 미치게 된다는 사실을 알아야 합니다. 나 자신이 성실하고 즐겁게 살면 주변이 좋아질 수밖에 없습니다. 찡그린 얼굴은 본인도 안 좋지만 바라보는 사람의 마음도 안 좋게 합니다.

내 마음이 웃으면 내 몸의 구성 세포들도 함께 웃는다는 것은 의학적으로 증명이 되었습니다. 반면 괴로워하고 화를 내고 짜증을 내면 몸속의 오장도 제 구실을 못하고 똑같이 짜증을 냅니다. 화를 내는 순간 몸속에서 아드레날린이란 물질이 만들어지는데 이 물질은 먼저 자기 자신에게 치명타를 안겨 줍니다. 화를 내는 것은 자신에게도 해롭고 함께 살아가는 주변에도 좋지 않은 영향을 미칩니다. 그러니 화를 내지 말고 웃고 살아야 하는 것입니다. 자신에게 충실하고 남을 생각하는 마음으로 허허 하하 웃으면서 살아갈 때 자신도 아름답고 세상도 아름다워집니다.

기적은 내 안에

원한은 버림으로 사라진다

이 세상을 살아가면서
여러 가지 원한을 품고 살아가는 사람들이 있다.
원한은 원한에 의해서 결코 쉽게 사라지지 않는다.
원한은 버림으로써 사라지는 것이다.

법구경의 가르침입니다.

인생을 살다 보면 여러 가지 어려운 일들을 만나게 됩니다. 그리고 별 이유도 없이 가슴에 상처를 주는 사람을 만나게 됩니다. 그 원망과 분노를 가슴에 담고 살아가는 동안 원한은 풀리지 않습니다. 마음속에 있는 원한을 과감하게 지우고 마음속으로 용서해야 합니다. 버리고 용서할 때 비로소 원망심과 원한은 사라지게 됩니다. 원한은 스스로 버려야 사라지는 것입니다.

맑고 아름다운 마음

한 사람이 세상을 맑고 깨끗하게 살아간다고 해서 온 세상이 깨끗하게 되겠느냐고 반문하는 분들이 계십니다. 한 사람의 청정행은 여러 사람에게 맑고 깨끗하고 신선한 마음을 갖게 해 줍니다. 산골짝에 솟아나는 작은 옹달샘에서 흘러나온 물이 산골짝을 흘러서 냇물이 되고, 냇물이 모여서 강물이 되고, 그 강물이 넓은 바다에까지 이르게 되는 것입니다. 그러니 옹달샘 물이 바다가 되는 셈인 것입니다.

우리가 살아가는 주변에도 나라와 사회를 위해서 봉사하고 베풀며 자신을 희생하는 아름다운 마음을 가진 분들이 많습니다. 그런 이들이 많을수록 우리가 살아가는 주변은 맑고 아름다운 사회가 됩니다. 선진국으로 갈수록 자원봉사자가 늘어납니다. 우리 한 사람 한 사람이 말없이 나와 이웃을 위해서 노력해 나가면 점점 맑고 아름다운 세상이 되는 것입니다.

자신의 방식대로

봄이 되면 나무에 새움이 돋고 새싹들이 올라옵니다. 나무에 꽃이 피고 들에도 산에도 꽃이 피어납니다. 새들은 알에서 깨어나고 노고지리는 하늘 높이 날아다니면서 지저귑니다. 겨우내 얼어붙었던 산등성의 눈이 녹으면서 골짜기를 타고 흘러내리는 물소리가 마음을 시원하게 해 줍니다. 이 모든 것은 누가 시켜서 이루어지는 것이 아니라 스스로 이루어지는 것입니다. 자연의 이치는 인위적인 것이 아니라 자연적으로 이루어지는 것입니다. 천지만물은 스스로 질서와 조화 속에 균형을 이루며 살아갑니다. 광활하게 펼쳐진 하늘 아래서 모든 생명들은 자기 나름의 빛깔대로 각자 생명의 몫을 힘껏 펼치며 살아갑니다.

물이 흐르듯 우리 모두 자신의 방식대로 살아야 합니다. 이리저리 비교하고 좋으니 나쁘니 하는 마음은 삶의 균형을 깨뜨리고 인생살이를 어렵고 힘들게 만들게 됩니다. 자연은 어머니 품속과 같은 것입니다. 자연은 다툼이 없습니다. 자연처럼 물이 흘러가는 것처럼 그리 살아가야 합니다.

늘 맑게 깨어서

자신을 보고 있는 사람은

자신의 길을 잘 가고 있는 사람입니다.

셋、
깨어 있는 사람

깨어 있는 사람

어린아이처럼 보라

어린아이의 마음은 순수하여 때가 묻지 않는다고 합니다. 호수처럼 맑고 투명한 어린아이의 눈동자를 바라보기만 해도 동심의 세계로 돌아가 천진해지는 것을 느낍니다. 우리의 본래 마음은 어린아이처럼 순수해서 때가 묻지 않는다는 말입니다. 참마음은 계교도 없고 꾸밈도 없습니다. 그래서 마음속의 잡다한 생각을 놓아 버리면 본심(本心)은 저절로 나타나서 항상 보여지게 됩니다. 이 본래 마음은 과거, 현재, 미래에 걸쳐서 끝없이 존재하는 것입니다. 파란 하늘에 구름이 끼고 소나기가 내리고 천둥 번개가 치지만 구름이 걷힌 하늘은 언제나 맑고 파란 하늘입니다.

행이 없는 사람

아무리 많은 부처님의 경전을 외우고 있더라도
부처님의 말씀을 따라서 아름다운 행을 하지 않는다면
다른 사람의 소만 세는 목동과 같아서
그는 청정한 삶의 결실을 이루지 못한다.

부처님의 가르침입니다.

비록 경전을 조금밖에 외우지 못하더라도 부처님의 가르침에 따라서 성냄과 어리석음을 버리고 집착심을 버리고 올바른 마음으로 정진하여 해탈하면 이 세상이나 저 세상에서 아름다운 삶의 결실을 이루게 됩니다. 실천 없이 살아가는 사람은 깨어진 수레와 같습니다. 부서진 수레는 더 이상 나아갈 수 없습니다. 인생살이는 끝없는 자신의 길을 가는 것입니다.

습관이 현재와 미래를 만든다

습관이 현재와 미래를 만들어 갑니다. 내가 행동하는 모든 것들이 자신도 모르는 사이에 습관을 만들어 갑니다. 습관에는 좋은 습관도 있고 나쁜 습관도 있습니다. 그런데 그 습관들이 그냥 사라지는 것이 아니라 크든 작든 우리가 인식하지 못하는 사이에 우리의 잠재의식에 하나도 빠짐없이 저장이 된다는 것입니다. 마치 컴퓨터에서 작업한 내용들이 하드디스크에 저장되듯이 모든 것이 그대로 기록되어서 남게 되는 것과 같습니다.

화를 내는 습관이 있는 사람은 잠재의식에 화내는 것이 그대로 남아 있어서 생활하면서 시도 때도 없이 튀어나와서 나를 힘들게 하고 주변을 힘들게 합니다. 그 반면에 좋은 습관을 쌓은 사람은 좋은 일들이 시시때때로 나타나서 나를 즐겁게 하고 행복하게 합니다. 마치 화단에 꽃씨를 뿌리면 뿌린 대로 싹이 나서 꽃이 피고 열매를 맺는 것과 같습니다. 그러니 좋은 습관을 가져야 현재도 행복하고 미래에도 행복한 것입니다.

항상 자신의 말과 행동 그리고 생각을 바라보고 있어야 합니다. 잘못된 습관이 나올 때 과감하게 고치고 바꾸어 나가야 합니다. 자신의 잘못된 습관을 고칠 줄 아는 사람은 현명한 사람입니다. 현재도 미래에도 행복해지게 됩니다.

깨어 있는 사람

희망은 아름다운 것

희망은 햇살과 같습니다.
희망은 아름다운 꿈과 같습니다.
미래에 대한 자신의 꿈과 희망은
바위 속에서 솟아나는 샘물과 같습니다.
삶의 갈증을 풀어 주는 위대한 힘이
꿈에서 희망에서 나옵니다.
매일같이 우리는 희망의 꿈을 키워 나가야 합니다.

아메리카 대륙을 발견한 콜럼버스는 항해에 지친 사공과 병사들에게 항상 꿈을 심어 주었습니다. "우리가 찾아가는 미래의 땅은 우리를 행복하게 해 줄 수 있는 곳입니다." "이제 거의 다 왔습니다." "반드시 우리는 희망의 땅에 도달할 수 있습니다." 콜럼버스 일행은 확신과 자신감으로 마침내 아메리카 신대륙을 발견하게 된 것입니다.

우리 모두는 꿈과 희망을 가져야 합니다. 반드시 이루어지고 성취된다는 확고부동한 자신감을 자신의 마음속에 심어야 합니다. 그리고 항상 희망이 넘치는 꿈을 꾸어야 합니다. 꿈은 반드시 현실로 다가오고 결국에는 이루어지게 됩니다.

맑게 깨어라

오직 맑게 깨어서 유유자적하라.

늘 맑게 깨어 있는 사람은

죽음까지도 우아할 것이다.

죽음에 대한 아무런 저항이 없다면

죽음 속으로 편안히 다가설 것이다.

죽음의 투쟁이 없는 곳

죽음 그 자체는 고향으로 돌아가는 것이다.

모든 것을 삶 자체에 맡겨 놓고 살아가는 것이다.

깨달음을 얻은 성자는

삶과 죽음을 둘로 나누지 않는다.

삶과 죽음이 따로따로 떨어진 길이 아니라

똑같은 길을 가는 것임을 알고 있기 때문에

깨달음을 얻은 성자는 모든 삶에서

여여(如如)하고 유유자적(悠悠自適)한 것이다.

티 한 점 없는 마음으로

티 한 점 없는 파란 가을 하늘과 같은 참마음으로 되돌아갈 수 있도록 꾸준히 정진해야 합니다. 처음 정진을 시작하면 잡념(雜念)이 더 많이 일어나기도 합니다. 모처럼 공부를 하려는데 마음속에서 여러 가지 망념이 일어납니다. 그것은 오랫동안 청소하지 않은 방에 모처럼 먼지를 털면 가만히 있을 때보다 더 먼지가 나는 것과 같은 이치입니다.

잡념이 일어나면 일어나는 대로 내버려 두고 오직 화두일념(話頭一念)이 되도록 노력해야 합니다. 그렇게 화두에 몰두하다 보면 자연히 잡념은 사라지고 마음은 점점 고요하게 됩니다. 마음이 맑아지면 심기(心氣)가 평안해지며 그동안 바깥 세계로 치닫던 잡다한 생각들이 쉬어지면서 본래 마음 고향인 참마음으로 돌아가게 되는 것입니다. 스스로 자신의 마음을 보고 비울 줄 아는 사람은 일상생활에서 늘 한가롭습니다.

깨어 있는 사람

욕망을 찾는 어리석음

마음은 아주 미묘해서 욕망과 욕심에 이끌려 다니게 됩니다. 욕망과 욕심이 있는 곳에는 어디든지 집착하고 소유하고자 하는 잘못된 마음이 일어나게 됩니다. 지혜로운 사람은 자신의 마음을 지킬 줄 압니다. 자신의 마음을 지켜서 욕망과 욕심에 이끌리지 않으면 오염되지 않은 맑은 물과 같아서 행복이 늘 그를 따르게 됩니다. 흔들리지 않는 마음은 연꽃 같은 마음입니다. 온갖 더러운 욕망에 물들지 않기 때문에 그는 인생에서 승리자입니다. 머무는 곳마다 행복이 따릅니다.

어리석은 마음은
빛깔 좋고 향기로운 욕망을 찾아서
끊임없이 이끌려 다닙니다.
갖가지 욕망의 향기가 자신을
이리저리 어리석음의 길로 끌고 가는 것입니다.
마음을 길들여야 합니다.
마음이 길들여져서
온갖 욕망의 길로 이끌려 다니지 않으면
행복이 항상 그를 따르게 됩니다.

깨어 있는 사람

도인의 마음에는 흔적이 없다

달빛이 비친 산사의 야경은 그윽합니다.

이따금 처마 끝에 매달린 풍경이

바람 소리에 맞추어 뎅그렁 뎅그렁 소리를 냅니다.

풍경 소리는 은은하게

사찰 도량에 울려 퍼집니다.

대나무 그림자가 밤새 뜰을 쓸어도

뜰은 미동도 하지 않습니다.

기러기 떼가 연못 위를 날아가지만

연못의 물은 조금의 흔적도 없습니다.

선시의 내용입니다.

정진을 통하여 선정에 노니는 선사의 마음은 고요합니다. 앞에서 말씀드린 시구절처럼 세상살이가 시끄럽고 복잡해도 마음은 시끄러운 세정(世情)에 물들지 않고 조금의 흔적도 없는 것입니다. 대나무 그림자가 밤새 뜨락을 쓸어도 그림자가 먼지를 일으킬 수 없는 것처럼, 마음에 일체 세간 경계가 밀려와도 그 어떤 것에도 물들지 않고 때 묻지 않는 연꽃 같은 마음을 말합니다.

사소한 말 한마디에 마음이 멍들고 아파하고, 작은 물질에도 이해타산에 얽혀 사는 현대인들에게는 좋은 말씀이라 생각됩니다. 잘 관찰해 보면 모두 자신의 생각이 만든 그림자에 불과합니다. 생각이 울고 괴로워하는 것입니다. 근본 마음으로 돌아가면 모든 것이 그대로 여여할 뿐입니다.

깨어 있는 사람

행이 바른 수행자의 향기

알고 있는 지식이 많아도 올바른 행이 없는 사람은
빛깔이 곱지만 향기가 없는 꽃과 같습니다.
착한 일을 행하는 사람은
빛깔도 곱고 향기가 있는 꽃과 같습니다.

계행이 바른 사람은 꽃의 향기를 지녔습니다.
계행을 갖추고 올바른 길을 걷는 수행자는
꽃의 향기처럼 주변에 많은 사람들이 모여
그를 존경하고 따르게 됩니다.

좋은 친구

자신의 잘못을 지적하고 꾸짖어 주는 친구가 있으면 그런 친구와 가깝게 지내야 합니다. 그 사람이 진정한 친구입니다. 항상 지혜로운 사람들을 가깝게 하는 것이 좋습니다. 지혜로운 사람과 가깝게 지내는 것만으로도 행복해질 수 있습니다. 어리석고 악한 마음을 가진 사람과는 가깝게 지내지 않는 것이 좋습니다. 악한 사람과 가깝게 지내다 보면 자신도 모르는 사이에 악의 물이 들게 됩니다. 인생에서 불행과 실패는 친구를 잘못 사귀어서 일어나는 일이 허다합니다. 비위만 맞추어 주는 친구보다 잘못을 지적해 주고 고칠 수 있도록 도와주는 친구가 좋은 친구입니다. 그런 이는 스승과 같습니다.

깨어 있는 사람

현재처럼 소중한 시간은 없다

이 순간 이대로 행복을 느끼면서 인생을 살아가시는 분은 현명한 사람입니다. 쌀밥을 먹든지 보리밥을 먹든지 누구든 다 그대로 그 자리에서 행복하십시오. 지금 이 순간처럼 소중한 시간은 없습니다. 과거는 이미 흘러서 지나가 버린 것입니다. 잡으려고 해도 잡을 수 없는 것이 흘러가는 세월입니다. 미래는 아직 오지 않은 것입니다. 지금 현재 이 순간을 놓치지 말고 머물고 있는 이곳에서 즐겁고 행복하게 살아야 합니다. 현재는 오직 지금 이 순간일 뿐입니다. 지금 이대로 여여할 뿐입니다. 가식도 내려놓고 꾸밈도 내려놓고 누구보다 더 잘살고 싶은 마음도 내려놓으세요.

지금 이 자리에서 모든 욕심을 다 내려놓으세요. 이 자리 이대로 구름 벗어진 파란 하늘입니다. 파란 하늘처럼 여여하게 살아가면 됩니다. 그냥 이대로 편안하면 됩니다. 따로 구하는 마음이 없으면 머무는 그 자리에 연꽃이 피어나게 될 것입니다.

깨어 있는 사람

작은 물방울의 힘

장맛비가 장대처럼 쏟아집니다. 장마가 져서 홍수가 나면 산사태가 나고 나무가 부러지고 바위도 굴러갑니다. 물 한 방울이 무슨 힘이 있겠습니까? 하지만 작은 물방울이 한데 모이면 엄청난 힘을 발휘하게 됩니다. 방울물이 모이고 모이면 큰 힘이 되어서 위력을 발휘합니다. 작은 성냥불이 무슨 힘이 있겠습니까? 그런데 그 성냥불 하나가 산을 태우고 집을 태우고 온갖 것을 다 태워 버리는 위력을 냅니다. 작은 것이라고 함부로 해서는 안 된다는 가르침입니다. 작은 것을 소홀히 하면 큰 일을 이룰 수 없습니다.

아귀

아귀라는 귀신은 배는 크고 목구멍은 바늘구멍처럼 작아서 배가 고파도 목구멍으로 음식이 넘어가지 않는다고 합니다. 아무리 물을 마셔도 갈증이 가시지 않습니다. 우리가 지나치게 욕심을 갖고 탐욕과 욕망에 젖어 있으면 아귀와 다를 바가 없습니다. 끝없는 소유욕은 많은 것을 가지고 있어도 항상 부족하다는 생각으로 끊임없이 더 많이 가지려고 욕심을 부립니다. 욕심은 또 다른 욕심을 부릅니다. 욕망과 욕심은 순수한 자신의 마음에서 벗어난 어리석은 행동입니다.

물건을 아무리 높이 쌓아 놓은들 무엇합니까. 오히려 고통만 유발합니다. 이제부터 아귀 같은 욕심을 벗어 버리고 맑고 순수한 본래 자신의 마음으로 돌아가야 합니다. 욕망과 욕심이 사라지면 구름 벗어진 하늘처럼 맑고 깨끗해집니다. 자신의 어리석은 욕심을 벗어 버린 마음이 여여한 부처님 마음입니다.

깨어 있는 사람

우리의 생각

평소 우리는 아무렇지 않게 이 생각 저 생각 여러 생각을 하고 살아갑니다. 그런데 어느 순간 사소한 말시비가 생기고 점점 커지게 됩니다. 생각이 생각을 만들어 가는 것입니다. 작은 생각이 점점 커져서 자신이 일으킨 생각에 자신이 휘말려서 자기 자신도 감당하지 못하는 것입니다. 이런 일들이 비일비재하게 일어나는 세상에서 우리는 살아가고 있습니다.

금강경에 '응무소주이생기심(應無所住以生其心)'이라는 구절이 있습니다. 응당히 그 마음을 어느 곳에도 머물지 말라는 부처님의 가르침입니다. 자신의 마음이 온갖 것에 향해 있을 때 집착하고 마음을 빼앗기고 괴로워하고 힘들게 되는 것입니다. 인생살이를 잘 살펴보면 영원한 것이 아닙니다. 잠시 머물렀다 어디론가 훌쩍 떠나는 인생인데 온갖 것에 집착하고 마음 빼앗기고 살지 말라는 부처님의 가르침입니다.

마음은 허공 같지만 집착을 하면 마음을 빼앗기게 됩니다. 그 어느 곳에도 마음을 머물지 말라는 가르침입니다. 물질에도 욕망에도 명예에도 걸림이 없는 자유인이 되라는 가르침입니다. 허공처럼 걸림 없이 유유히 살라는 부처님의 말씀을 마음속 깊이 새기면서 인생을 향기롭게 살아가야 합니다.

우리의 생각은 그림자와 같습니다.
마음은 형체를 가지고 있지 않고
거울처럼 단순히 사물을 비추고 있을 뿐인데
마음 바탕 위에 생각이란 그림자가
온갖 것을 그리고 있는 것입니다.
우리의 인생살이도
맑고 고요한 마음 바탕 위에
스스로 그린 그림자에 불과합니다.
그림자에 속아서 울고불고합니다.
그림자에 이끌리고 속지 않는 마음이 깨달음입니다.
깨달은 사람은
모든 것이 자신이 스스로 만든 그림자임을 알기에
이끌리고 매달리지 않습니다.
그래서 마음을 닦는 사람은 늘 맑고 고요하고 한가롭습니다.

깨어 있는 사람

대나무 속처럼 비워라

대나무는 속이 비어 자신을 보호합니다. 대나무는 속에 아무것도 없지만 반듯하고 똑바르며 키가 큽니다. 웬만한 바람에 잘 넘어지지 않습니다. 그리고 쉽게 부러지지 않습니다. 대나무처럼 우리 인생도 비우고 살아가는 여유가 필요합니다. 인생을 살다 보면 자신도 모르게 욕심이 생기게 됩니다. 마음을 비우려 하지 않고 채우려고만 하는 것입니다. 가득 채우려는 마음이 곧 욕심입니다.

•

인생을 살면서 조금만 마음을 비워도 행복해집니다. 텅 빈 허공을 바라보면 온통 비어 있기 때문에 태양도 담고, 달도 담고, 별도 담습니다. 온갖 것이 텅 빈 하늘과 함께 살고 있는 것입니다. 우리가 사용하는 방안에 물건이 가득 차 있으면 오히려 생활하기가 불편합니다. 지나치게 많은 물건은 오히려 삶에 장애가 됩니다. 대나무가 속을 비워서 자신을 단단하게 하는 것처럼 인생을 살면서 조금 더 비우고 조금 더 져 주고 조금 더 양보하면 만사가 어려울 것이 없습니다. 비우고 살면 인생이 행복해집니다.

세월은 덧없이 흘러간다

세월은 강물처럼 말없이 흘러갑니다. 인생도 강물처럼 말없이 흘러서 결국에는 바다로 갑니다. 강물은 물길 따라 흘러서 바다로 가지만 우리 인생은 열반의 바다로 흘러가는 것입니다. 강물이 바다로 흘러가는데 두려울 것이 뭐가 있겠습니까. 사람이 나이를 먹어 노인이 되고 노인이 열반의 바다로 흘러가는 것은 당연한 일입니다. 바다는 넓고 아늑한 곳입니다. 온갖 생명이 바다에서 함께 살아갑니다. 바다는 거부하는 것 없이 모든 것을 다 포용합니다.

잠깐 살아가는 인생인데 부자면 어떻고 가난하면 어떻습니까. 적게 배웠다고 누가 뭐라는 사람은 없습니다. 미워하고 시비하고 화를 내 본들 무슨 소용이 있겠습니까. 함께 살아가는 친구보다 더 좋은 친구는 없습니다. 항상 서로를 위해 주고 따뜻한 마음으로 살아갑시다.

수행이 깊어지면

수행이 깊어지면 마음은 고요함의 극치에 이르게 됩니다.

수행이 점점 깊어지면

나다, 남이다 하는 관념의 틀이 부서지게 됩니다.

수행은 자신의 내면세계에 도사리고 있는 편견을 없애 줍니다.

수행은 자신을 안정시켜 줍니다.

수행을 통해서 점점 행복해집니다.

꾸준하게 앉아서 자신의 마음을 바라봅니다.

항상 맑게 깨어서

평화로운 마음으로 자신을 바라봅니다.

바라보는 그대로 행복입니다.

행복은 멀리 있는 것이 아닙니다.

바라보는 그대로 기쁨이고 행복입니다.

깨어 있는 사람

흔들리지 않는 바위처럼

살아가면서 별다른 이유 없이 비난의 화살을 맞는 경우가 있습니다. 그 화살은 마음을 아프게 합니다. 그러나 돌이켜 잘 생각해 보면 과거 지난 생에 내가 누군가를 비난하고 험담을 했기 때문에 금생에 과보를 받는 것입니다. '원인 없는 결과는 없는 것이다.'라고 생각을 하면 마음이 편해집니다. 그리고 누군가를 칭찬해 주는 것은 좋은 일입니다. 칭찬은 나를 행복하게 하고 마음을 편안하게 해 줍니다.

단단하고 큰 바위는 모진 비바람에 흔들리지 않습니다. 선정을 닦아서 지혜로운 사람은 칭찬과 비난에 조금도 흔들리지 않기 때문에 그 사람의 마음은 늘 맑고 고요하고 행복합니다. 칭찬과 비난에 흔들리지 않는 사람은 대단한 사람입니다. 그는 수행을 통한 선정의 힘이 있기 때문에 칭찬과 비난에 전혀 흔들리지 않는 것입니다.

깨어 있는 사람

고독도 외로움도 삶의 일부

나는 나 자신의 인생길을 묵묵히 갑니다.
다른 사람들은 각자 자신의 인생길을 갑니다.
나 자신의 삶을 온전히 살아야 합니다.
보다 힘차고 아름답게 살아가야 합니다.

우리는 어리석게도 다른 이의 인생과 나의 인생을 비교합니다. 비교하다 보면 자연히 마음속에 갈등이 일어나고 갈등은 고통과 괴로움을 만들어 내게 됩니다. 나와 남을 비교하는 마음을 그냥 이 자리에서 내려놓으십시오. 비교하는 마음만 사라지면 이 자리에서 바로 행복해질 수가 있습니다. 지금 이 순간 오로지 나 자신에게 집중해야 합니다. 그리고 나의 인생길을 나 스스로 걸어가야 합니다. 말없이 자신의 길을 가는 수행자의 삶이 고독해 보이지만 걸망을 지고 걸어가는 그 자체만으로도 행복한 것입니다. 외로움도 고독도 자신의 삶의 일부이니까요.

하늘을 나는 새는 마음껏 창공을 날아갑니다.

높게도 날고 낮게도 날아갑니다.

산 위로도 날아가고 물 위로도 날아갑니다.

나무들이 울창한 숲속도 자유롭게 비행합니다.

새들은 머물러 사는 나무를 옮겨 가며 잠을 잡니다.

한 나무를 고집하지 않습니다.

그리고 먹는 것을 애써 물어다가 쌓아 놓지도 않습니다.

비가 오고 눈이 오면 둥지에서 휴식을 취합니다.

수행을 잘한 도인은 하늘을 나는 새처럼 자유롭습니다.

그 어느 곳에도 집착 없는 마음으로 유유하게 세상을 살아갑니다.

깨어 있는 사람

깨달은 성자의 마음

깨달은 사람은 가기도 하고 오기도 합니까?

깨달은 사람은 가기도 하고 오기도 합니다.

다만 가고 올 뿐 마음은 늘 그대로입니다.

파란 하늘에 구름이 가고 오지만

하늘 바탕은 조금도 변화 없이 그대로 파란 하늘입니다.

먹구름 새털구름이 끼고 천둥 번개가 쳐도

하늘은 늘 고요하고 파란 하늘입니다.

하늘 바탕에는 아무런 변화가 없습니다.

깨달은 성자의 마음은 변하지 않는 파란 하늘과 같습니다.

비바람이 몰아쳐도 하늘은 늘 파란 하늘인 것과 같이

깨달은 성인은 온갖 시비 풍파 속에 머물러 있어도

그 근본 마음은 조금도 움직임이 없습니다.

그래서 성자의 마음은 여여(如如)하다고 합니다.

몸은 가기도 하고 오기도 하지만

마음은 늘 그대로입니다.

길을 가고 산을 오르고 배를 타고 가더라도

마음은 파란 하늘과 같아서 조금도 변화가 없습니다.

바라보이는 밖의 경계(境界)가 바뀌고 달라져도

마음으로 느끼고 알아서 한 치의 변화도 없는 것입니다.

중생의 소견으로 보면 움직이고 있는 것처럼 보이지만

마음을 깨달은 성인의 마음으로 보면 전혀 움직임이 없습니다.

사람들이 오고 가는 복잡한 시장에 앉아 있어도

그 마음은 늘 여여하고 한가롭습니다.

깨어 있는 사람

깊은 물은 소리가 나지 않는다

깊은 호수는 맑고 고요합니다.

깊은 호수는 소리가 나지 않습니다.

지혜로운 사람은 선정을 닦아서

흔들리지 않고 그 마음이 고요합니다.

호수처럼 깊고 고요해서 흔들림이 없는 마음을 간직해야 합니다. 온갖 풍파 속에서도 마음은 고요해서 흔들림이 없어야 합니다. 흔들림 없는 고요한 마음이 부처님 마음입니다. 부처님의 가르침을 배우는 부처님의 제자들은 인생의 현장에서 흔들림 없이 고요한 마음으로 인생을 살아가야 합니다. 마음이 흔들린다는 것은 삶의 경계에 마음을 빼앗기고 있다는 증거입니다. 온갖 세상살이를 그림자처럼 보라고 말씀을 하십니다. 마치 아지랑이처럼 보고, 물거품처럼 보고, 환영처럼 보고, 그림자처럼 보라고 부처님은 제자들에게 가르침을 주셨습니다.

눈앞에 보이는 모든 경계는 진실이 아닙니다. 모든 사물은 시시때때로 변해 가고 있습니다. 영원한 것은 없습니다. 아지랑이는 잠시 있다가 사라집니다. 모든 것은 덧없이 흘러갑니다. 하늘에 둥실 떠서 흘러가는 구름과 같습니다. 그 어디에도 애착하지 말라고 가르침을 주신 것입니다. 부처님의 제자들은 어디에 머물든지 흔들림 없는 깊은 호수처럼 고요하게 인생을 살아가야 합니다.

깨어 있는 사람

관념의 틀에 매이지 마라

지혜로운 사람은 어두운 것을 버리고

밝은 길로 나아가야 합니다.

고정된 틀 속에서 벗어나서

고요하고 한적함 속에서 기쁨을 찾아야 합니다.

사람들은 세상을 살면서 자신이 만들어 놓은 고정된 틀 속에서 다람쥐가 쳇바퀴를 도는 것처럼 살아갑니다. 지혜로운 사람은 어느 것이 속박의 틀인지를 잘 알고 있습니다. 틀에서 벗어난 사람은 새장 속에서 벗어나 마음껏 하늘을 나는 새처럼 자유를 만끽할 수 있습니다. 관념의 틀은 정신적인 것과 그리고 육체적인 것을 꼼짝할 수 없게 묶어 버립니다. 거미가 줄을 쳐서 날아다니는 곤충들을 걸려들게 합니다. 한번 거미줄에 얽히면 빠져나올 도리가 없습니다. 스스로 쳐 놓은 고정관념의 거미줄에서 스스로 그 그물을 뚫고 나와야 합니다.

부처님은 해탈(解脫)이라는 자유로운 세상으로 나오는 길을 인도하고 계십니다. 그런데 대부분의 사람들이 그냥 묶여서 살아가고 있는 것입니다. 그물에서 벗어나서 창공을 마음껏 나는 새를 보십시오. 새들이 얼마나 자유스러운지 알아야 합니다. 자신을 제어하는 모든 속박에서 벗어나서 자유인이 되는 것입니다. 부처님께서는 모든 중생을 해탈의 세계로 인도하고 계십니다.

나는 나의 삶을 살아갑니다.
오직 나만의 아름다운 길을 말없이 걸어갑니다.
그것이 나의 길이고 나의 인생입니다.

넷、

나는 오직 나의 길을

극락과 지옥은 마음에서

우리가 어떤 생각을 갖고 어떤 행동을 하느냐에 따라서 극락도 되고 지옥도 될 수 있습니다. 우리 마음속은 맑고 고요하지만 생각을 어떻게 갖느냐에 따라서 극락도 만들고 지옥도 만드는 것입니다. 극락은 옳으니 그르니 시비하고 분별하지 않는 고요하고 넉넉한 마음입니다. 좋은 것은 취하고 나쁜 것은 버린다는 양분된 생각이 아닌, 있는 그 자리에서 늘 고요하고 편안한 마음을 갖고 일상생활을 해 나가는 것입니다. 지옥도 사람의 근본 마음은 맑고 고요합니다. 그런데 마음속에서 옳으니 그르니 분별심이 일어나는 것입니다. 미워하고 원망하고 시기하고 질투하는 마음이 일어나고 작은 것 하나도 쉽게 용납이 안 되는 것입니다. 그리고 속이 좁아서 조그만 일에도 성질을 부리고 화를 냅니다. 마음은 늘 불안하고 초조합니다. 화를 내는 마음은 그대로 지옥입니다. 속 좁은 마음이 매사를 지옥으로 만들어 갑니다.

그것은 지극히 어리석은 자신의 생각을 바로 보지 못한 데서 일어납니다. 마음이 지옥인 사람들을 위하여 부처님께서는 자신을 바로 보고 자신을 다스릴 수 있도록 진리의 길로 인도하고 계십니다. 부처님의 가르침은 마음이 지옥인 사람을 해탈의 길로 인도해 줍니다. 편견에서 벗어나서 파란 하늘 같은 넉넉한 마음으로 행복하게 살도록 인도해 주고 계십니다.

마음의 근본을 깨닫는 일

마음을 깨닫는다는 것은 마음 공부를 하는 수행자라면 누구나가 갈망하고 있습니다. 깨닫지 못하면 범부이고 한 마음을 깨달아 알면 중생이 곧 부처님이 될 수가 있는 겁니다. 시골에서 어머님이 머리를 빗기 위해 마당에 큰 거울을 내놓으면 집에서 기르는 닭이 거울 속에 비친 제 모습을 보고 싸움을 하게 됩니다. 거울 속에 비친 닭의 모습이 저인 줄 전혀 모르기 때문에 닭은 지지 않으려고 사력을 다해 부리로 쪼고 날개를 치지만 승산은 없습니다. 닭도 이상한지 거울 뒤로 돌아가 보지만 거울 뒤에는 아무것도 없습니다. 닭은 거울 앞으로 돌아와서는 또 싸움을 시작합니다. 닭은 어리석어서 거울 속에 비친 모습이 자기 자신이라는 것을 도무지 이해하지 못합니다. 거울에 비친 자기와 싸움을 하고 또 싸움을 합니다.

깨닫지 못하고 살아가는 것은 자기 자신의 참모습을 보지 못하기 때문입니다. 인생살이에서 모든 것이 자신의 생각이 그린 환영의 그림자임을 간파하지 못해서 갖가지 괴로움 속에서 살아가게 되는 것입니다. 이렇게 그림자에 속아 괴롭게 살아가는 것이 거울을 보고 부리에 피가 나게 싸우는 닭과 다를 바가 무엇이 있겠습니까? 모든 것은 마음이 만들어 놓은 환영이며 그림자인 것입니다.

나는 오직 나의 길을

흉내 내지 마라

남을 흉내 내려고 하지 마십시오.

남이 되려고도 하지 마십시오.

자신의 삶을 살아야 합니다.

나 자신의 삶을 살아야 하는 것입니다.

나는 이미 이대로 완전합니다.

어리석게 나를 남과 비교하지 마십시오.

그들의 삶은 그들의 삶입니다.

이대로 나는 부족함이 없이 완전한 것입니다.

있는 그 자리에서 스스로 만족할 줄 알아야 합니다.

함께 살아가는 세상

나 혼자서 세상을 살아간다면 얼마나 삭막한 세상이 되겠습니까. 우리가 함께 살아가는 세상에는 태양도 있고 하늘도 있고 공기도 있고, 하늘에는 달도 별도 함께 있어야 합니다. 그리고 자연 속에는 나무도 풀도 꽃도 흐르는 물도 새도 다람쥐도 고물고물 움직이는 벌레도 함께 있어서 세상을 공유하며 살아야 합니다. 모든 사람들이 함께 살아감으로써 조화가 이루어지고 아름다운 세상이 되는 것입니다. 나 혼자만 행복해야 된다는 이기적인 생각에서 벗어나야 합니다. 이웃과 나는 둘이 아닌 것입니다. 밝은 태양을 모두가 공유하듯 우리는 함께 나누며 서로의 행복을 위하며 살아가야 합니다.

나는 오직 나의 길을

매사에 감사한 마음으로

작은 일에도 고맙고 감사한 마음을 가져야 합니다. 작은 것에 만족을 느끼고 고맙고 감사한 마음으로 살아가는 분은 향기가 나는 꽃처럼 아름답게 인생을 살아가는 것입니다. 자신의 마음 안에서 행복을 느끼고 살아가는 것입니다. 날마다 뜨는 태양이고 날마다 빛나는 햇살이지만 가만히 생각해 보면 태양과 햇살이 얼마나 소중한지를 느낄 수 있습니다. 매사에 감사한 마음으로 살아가는 분은 어느 곳에 머물든지 햇살처럼 소중하고 꽃의 향기처럼 주변을 아름다운 향기로 채워 나갈 것입니다.

진리는 한순간도

진리는 한순간도 나를 떠난 적이 없습니다. 어느 곳 어느 자리도 진리 아닌 곳이 없습니다. 하지만 온갖 생각들이 나타나서 욕망과 욕심, 투쟁심으로 나를 끌고 다니고 있습니다. 온갖 생각, 온갖 분별심은 생각이 만든 허구의 그림자입니다. 그림자가 진실이 아님을 깨달은 사람은 더 이상 그림자에 끌려다니지 않습니다. 자신이 그려놓은 생각의 그림자에 속거나 끌려다니지 않으면 속박에서 벗어난 진정한 자유인이 되는 것입니다.

나는 오직 나의 길을

생명의 소중함

간밤에 비가 내리더니 담장 밑에 작은 풀들이 자라서 올라옵니다.

한두 포기가 아닙니다.

여기저기서 고개를 내밀고 있습니다.

가냘프고 가냘퍼 보입니다.

그런데 어떻게 단단한 땅을 뚫고 새싹이 움터 나오는지

생명의 소중함을 짐작할 수가 있습니다.

풀들도 자신의 삶을 살아갈 것입니다.

따지고 보면 풀들의 생명도 소중합니다.

생명의 근원은 똑같습니다.

네 생명이나 내 생명이나 다를 바가 없습니다.

잘 살펴보면 산천초목 모든 것이 다 살아 있는 생명입니다.

우주 그대로가 살아 있는 생명인 것입니다.

생명은 참 경이롭습니다.

작은 풀들도 생명을 갖고 탄생하여

비바람 견디며 열심히 살아갑니다.

나 자신도 열심히 살아야 할 것입니다.

살아 있는 동안 맑게 깨어서 자신을 보면서 살아야 합니다.

초발심을 생각하면서 처음 출가한 그 마음으로

하루하루 정진하면서 살아야 합니다.

늘 그 자리인 것을

더 많이 뛰고 달린다고 인생이 달라질 것이 없습니다. 아무리 달리고 뛰어 봐도 항상 그 자리입니다. 머물고 있는 그곳 그 자리에서 현재 바로 이 순간을 살아가고 있습니다. 그냥 마음을 편안하게 가지고 살아가면 됩니다. 시비하지 않는 마음으로, 차별하지 않는 마음으로 살아가면 되는 것입니다. 있으면 있는 대로, 없으면 없는 대로 평범하게 살아가는 것입니다. 도(道)라는 것이 특별한 것이 아닙니다. 현재 이 자리 이대로가 바로 도인 것입니다. 현재 처한 이곳에서 행복하게 살아갈 줄 아는 사람이 도인의 삶을 살아가는 것입니다.

진정한 아름다움

아름다움은 꾸미고 치장하는 데서 오는 외부적인 것만이 아닙니다. 산과 들에 비바람을 맞고 그 자리에 서 있는 나무들과 형형색색의 꽃들, 이끼 낀 바위며 흐르는 물, 운무가 서린 산기슭 그대로가 아름다운 것입니다. 사치와 허영심에 깊이 물들어서 외부적인 아름다움만 추구한다면 그것은 진정한 아름다움이라고 할 수 없습니다.

모양에만 이끌려 다니면 마음은 구름을 탄 것처럼 점점 들뜨고 공허해집니다. 마음이 들뜨면 안정이 안 되고 안절부절해집니다. 진정한 아름다움은 외부의 겉모습이 아니라 내적으로 자연과 같이 순수하고 아름다운 마음을 갖는 것입니다. 매사에 마음이 흔들리지 않으며 검소하고 소박하게 살아가는 그 모습이 난초의 향기처럼 은은한 아름다움이라고 할 수 있습니다.

자신의 건강을 지켜라

건강은 스스로 지켜 나가야 합니다. 건강을 잃어버리면 모든 것을 잃어버리는 결과를 가져옵니다. 건강은 건강할 때 지키라는 가르침이 있습니다. 건강을 잃어버리면 회복하기가 쉽지 않습니다. 건강하다고 함부로 살아가면 건강이 무너지게 됩니다. 지나친 음주, 흡연 그리고 절제 없는 생활이 건강을 무너지게 합니다.

건강을 지키기 위해서는 규칙적인 생활습관이 필요합니다. 음식을 규칙적으로 먹어야 합니다. 운동도 규칙적으로 몸에 맞게 해야 합니다. 마음가짐도 중요합니다. 마음속에서 자신감과 따뜻하고 사랑하는 마음이 솟아 나와야 합니다. 몸을 무리하게 혹사하지 말아야 합니다. 건강한 몸에서 건강한 정신이 우러나오는 것입니다. 건강할 때 인생이 행복해집니다.

나는 오직 나의 길을

소중한 나의 삶

나는 나 자신의 행복을 위해서 살아갑니다. 들판을 가든 가파른 언덕길을 가든 나 자신의 길을 가는 겁니다. 나는 나 자신의 길을 말없이 뚜벅뚜벅 걸어가는 것입니다. 내가 걸어가고 있는 인생의 길을 즐거운 마음으로 가야 합니다. 현재 머물고 처해 있는 이 자리에서 행복을 느낄 줄 알아야 합니다. 행복은 이 시간 여기에서 항상 나 자신과 함께하고 있습니다. 다른 곳에서 행복을 찾으려고 하지 말아야 합니다.

나 자신의 삶은 소중합니다. 누구의 삶을 닮으려 하고 흉내를 내면서 살아가려고 하는 어리석음에서 벗어나야 합니다. 무슨 옷을 입든지 무슨 음식을 먹든지 어느 집에서 살든지 다만 나 자신의 삶을 살아야 합니다. 머무는 그 자리에서 행복한 사람이 진정으로 행복한 사람입니다. 서 있는 그대로 행복입니다. 기도하고 있는 이대로 행복입니다. 일상생활 하나하나가 즐거움이고 행복입니다.

미운 감정을 사랑으로

누군가를 미워하는 것은 좋은 일이 아닙니다. 누군가를 미워하기 전에 자신을 먼저 되돌아보는 것이 좋을 것입니다. 미워한다는 것은 내 마음속에 미운 감정이 있기 때문에 미워하는 생각이 일어나는 것입니다. 미워하고 있는 동안 나의 모습은 좋을 수가 없습니다. 미워하는 동안 나 자신이 먼저 괴로움을 받습니다. 미워하면 먼저 자신에게 스스로 피해를 끼치는 결과가 되는 것입니다. 미움을 사랑으로 바꾸어 가는 힘이 있어야 합니다. 수행자는 미움을 사랑으로 바꿀 수 있는 힘이 있습니다. 노력을 하면 이루어집니다. 미워하는 사람은 괴로움이 항상 따르지만, 사랑하는 사람은 인품에서 우러나오는 향기가 있어서 스스로 행복해집니다. 향기로운 마음의 길을 스스로 열어서 우리 함께 인생의 길을 즐겁고 보람 있게 걸어가야 합니다.

나는 오직 나의 길을

길을 걸어갑니다

나와 남을 비교하지 말고 살아야 합니다.
그냥 나의 인생을 살아갑니다.
나는 오직 나 자신인 것입니다.
나는 내 인생의 길을 걸어갑니다.

아무도 나의 인생을 대신 살아 줄 수 없습니다.
홀로 부담 없이 나의 길을 가는 것입니다.
빨리 가든 천천히 가든 쉬었다 가든
조금도 조급할 것 없이
유유히 나의 길을 가는 것입니다.
오직 나의 인생이니까요.

내 마음 안에 행복을 가득 채우고

여유로운 마음으로 길을 걸어갑니다.

길가에 핀 들꽃을 바라보면서

싱그럽고 즐거운 마음으로

오직 나만의 길을 걸어갑니다.

나는 오직 나의 길을

따로 무엇을 구하지 말라

부처님은 따로 무엇을 구하지 말라고 말씀하셨습니다. 무엇을 구한다는 것은 여전히 부족하다는 것입니다. 자신의 삶에서 부족함을 느낀다는 것은 한마디로 서 있는 그 자리가 무언가 온전하지 못하다는 뜻입니다. 물질을 구하고 사랑을 구하고 온갖 것을 구하려고 합니다. 진리를 깨달은 사람은 구하려 하지 않습니다. 부족함이 없기 때문입니다.

소유하고 구함이 없을 때 모든 고통은 자연히 사라지게 됩니다. 서 있는 그대로 그 자리에서 행복하라고 부처님은 말씀하십니다. 그냥 그대로 행복입니다. 욕망은 늘 자연 법칙과 충돌합니다. 욕망은 주어진 것에 만족을 느끼지 못합니다. 더 많은 것을 구하려고 합니다. 반면 욕망이 없는 사람은 어떤 일이 일어나든지 그것을 받아들이고 그것에 동화되어서 살아갑니다. 다른 구하고자 하는 마음이 없는 것입니다. 그래서 머무는 곳마다 살아가는 곳마다 여여합니다.

분별심이 사라진 곳

분별심이 사라진 마음으로 모든 사물을 그대로 바라볼 줄 아는 열려 있는 눈을 가진 사람이 바로 도인입니다. 그런데 도인은 너무나 평범합니다. 도인은 가식이 없습니다. 그리고 꾸밈이 없습니다. 자신을 포장하려고 하지 않습니다. 그래서 쉽게 알아 볼 수가 없는 것입니다.

모든 것을 가식 없이 있는 그대로 볼 줄 아는 눈이 열린 사람이라면 아무리 많은 말을 할지라도 그것은 다만 한마디도 하지 않은 것과 같습니다. 부처님께서는 성도 후 45년간 설법을 하셨지만 한 법도 설한 바가 없다고 하셨습니다. 부처님은 설법을 하셔도 설법을 한 바가 없는 것입니다. 부처님은 무심의 세계에 머물러 계시기 때문에 마음속에 조금의 자취나 흔적이 없는 것입니다. 그래서 부처님은 상을 떠나 여여한 마음으로 머문 바 없이 머무시는 것입니다.

아무리 어두운 동굴 속이라도
아무리 캄캄한 동굴 속이라도
횃불이 켜지는 순간
일시에 어둠은 사라지는 것처럼
아무리 지루하고 힘든 꿈이라도
맑게 깨어나는 순간
꿈은 일시에 사라지게 됩니다.

어두운 마음은 밝은 마음으로
일시에 물리쳐야 합니다.

마음에 밝은 등불을 켜는 순간
어둠은 흔적도 없이 사라지게 됩니다.

나는 오직 나의 길을

그냥 듣기만 해라

나는 다만 여기에 이렇게 있습니다. 고요한 침묵 속에 이렇게 있습니다. 흘러가는 물소리를 듣는 것처럼, 지저귀는 새들의 노랫소리를 듣는 것처럼, 대나무를 흔들고 소나무를 흔드는 바람 소리를 듣는 것처럼, 듣고 있는 그 순간 그대로 가식이 없는 자신과 함께하고 있는 것입니다. 우주와 나는 둘이 아닙니다. 그곳은 미움도 원망도 시기도 질투도 없는 곳입니다. 욕망도 욕심도 없는 곳입니다. 자연의 소리를 가식 없이 꾸밈없이 그냥 듣는 것입니다. 마치 샘물이 흘러넘치는 것처럼 그대에게는 싱그러움이 넘쳐흐를 것입니다.

모래성을 쌓는다

어린아이들이 바닷가에서 모래를 가지고 놉니다. 집도 짓고 성도 쌓고 탑도 쌓고 우물도 파고 재미있게 놀고 있습니다. 아무 편견 없이 그냥 열심히 만들고 있습니다. 그런데 갑자기 바닷물이 밀려와서 아이들이 정성껏 만들어 놓은 집이며 탑이며 성이 파도에 휘말려서 아무것도 없는 빈 백사장이 되어 버렸습니다. 아이들은 오히려 손뼉치고 깔깔대며 웃고 있습니다.

아이들은 오직 즐겁게 만들고 있을 뿐 그것에 대해서 조금도 집착하는 마음이 없었습니다. 아깝다는 마음도 없습니다. 아이들은 텅 빈 백사장에 다시 집을 만들고 성벽을 세우고 우물을 파고 탑을 세울 것입니다. 아이들은 소유욕이 없습니다. 만드는 그 자체가 행복하고 즐거운 것입니다. 집착 없는 여여한 마음 그 자리가 그대로 자신의 근본 마음입니다. 그곳에 진정한 행복이 있습니다.

나는 오직 나의 길을

그리는 동안 행복했다

누군가가 반 고흐에게 물었습니다.

"당신의 그림 중에서 어떤 그림이 가장 좋습니까?"

"지금 그리고 있는 이 그림이 가장 좋습니다."

고흐는 팔리지도 않는 그림을 열심히 그렸습니다. 고흐는 살아 있는 동안 한 점의 그림도 팔지 못했습니다. 그가 그림을 그리는 동안 그의 동생이 겨우 먹고 살 수 있는 돈을 대어 주었습니다. 고흐는 일주일에 삼 일을 먹고 나흘치로는 물감을 사고 종이를 사서 그림을 그렸습니다. 그림을 그리는 동안 고흐는 가장 행복했던 것입니다. 그림은 전혀 팔리지 않았습니다.

사람들은 고흐를 멍청한 사람이라 부르고 어떤 사람은 미쳤다고 하기도 했습니다. 그러나 고흐는 남의 말에 귀를 기울이지 않았습니다. 다만 그림을 그리는 데 열중했던 것입니다. 그리는 동안 행복했던 것입니다.

수행자는 수행자의 길을 가면 됩니다. 너무 목적 관념을 가지고 수행의 길을 가면 그것도 하나의 속박이 됩니다. 그냥 그 길을 가십시오. 아무 속박 없이 수행의 길을 가십시오. 수행자는 수행하고 있는 그대로가 기쁨이고 행복인 것입니다.

욕을 듣고 기분 좋은 사람은 없다

욕을 듣는 것이 기분 좋은 일은 아닙니다. 아무 이유 없이 욕을 들으면 누구를 막론하고 마음이 상하고 화가 나게 됩니다. 비방과 비난에 마음이 흔들리지 않는 사람은 없을 것입니다. 그런데 수행이 많이 되신 분은 흔들림이 없습니다. 욕을 하는 사람보다 훨씬 맑고 수승한 마음의 경계를 가지고 있기 때문입니다. 낮은 차원의 사람은 욕을 듣고 비방하는 말을 들으면 화가 나고 짜증이 나고 곧바로 심장이 뛰고 괴로움이 일어나서 참기 힘들게 됩니다. 그러나 깨달은 성자는 자신의 근본 마음에 머물러 있기 때문에 조금도 동요되지 않습니다.

마음을 깨달은 성인의 입장에서는 욕이라고 하는 것도 하나의 그림자로 봅니다. 근본 실체가 없는 것입니다. 그러니 욕이라는 그림자에 속지 않는 것입니다. 욕을 듣고도 아무런 흔들림이 없는 사람은 바로 도인입니다.

나누며 채워지는 행복

불행의 원인은 무엇일까요. 자신이 살아가고 있는 그대로 만족하지 못하면 불행해지는 것입니다. 살면서 부족하다고 느낄 때 무엇인가 채우려고 애를 쓰고 노력을 합니다. 물질적인 것은 아무리 채우려고 해도 끝이 없습니다. 빌딩을 여러 채 가지고 있는 사람인데도 만족하지 못하는 것입니다. 인색하기가 말할 수 없습니다. 지금 가지고 있는 건물이 아홉 채인데 열 채를 채워야 직성이 풀린다는 것입니다. 아마 열 채를 가지면 스무 채를 가지려고 할 것입니다. 욕심은 끝이 없습니다.

행복해지려면 이웃과 함께하고 나눌 줄 알아야 합니다. 스스로 조금씩 비우려고 할 때 행복이 찾아옵니다. 나누고 베풀 때 마음은 한없이 즐거워집니다. 받아서 채워지는 기쁨보다 나누면서 얻는 기쁨이 더 큽니다.

잘못을 고치면 업은 소멸된다

많은 잘못을 범한 사람이라도
어느 순간 '아! 이것은 잘못이구나!' 하고
자신이 그릇된 줄 알고 고쳐 나가면
업장은 저절로 소멸됩니다.

자신이 화를 내고 있다면 빨리 알아차려야 합니다. 화를 내고 있는 자신을 내버려 두면 그것이 습관이 되어서 자신도 모르는 사이에 화를 거듭 내고 있습니다. 습관은 무서운 것입니다. 자신이 화를 내고 살아간다는 사실을 바로 알고 고칠 줄 알아야 업장이 소멸됩니다.

잘못은 빨리 알아차리고 순간순간 고쳐 나가야 합니다. 자신의 잘못을 인정한다는 것은 새롭게 변화될 수 있다는 것입니다. 자신의 잘못은 스스로 고쳐 나가야 합니다. 이것이 올바른 수행입니다. 입으로 경을 읽고 외우는 것보다 자신의 잘못을 깨닫고 새롭게 고쳐 나가는 것이 자신에게 그리고 주변에도 좋은 영향을 주게 됩니다.

나는 오직 나의 길을

노숙인 빌리

사람들의 마음에 감동을 준 이야기를 들었습니다.

한 여인이 나무 그늘 아래서 구걸하는 노숙인을 만나게 됩니다. 순간적으로 안 됐다는 생각이 들어 주머니를 뒤져 동전을 꺼내어 노숙인의 구걸하는 통에 넣어 주었습니다. 노숙인을 도와준 여인은 기분이 좋았습니다. 좋은 일을 하고 느끼는 감정은 행복입니다. 그런데 행복도 잠시, 큰일 났다는 생각이 들었습니다. 좀전에 노숙인에게 동전을 넣어 줄 때 잘못해서 자신의 결혼반지가 동전과 함께 구걸하는 통으로 들어간 것입니다. 선의를 베푼 이 여인은 재빨리 노숙인에게 달려갔지만 보이지 않았습니다. 힘이 빠져 집으로 돌아갈 수밖에 없었습니다.

한편 노숙인은 동전을 세다가 자신의 통 속에서 반지를 발견하였습니다. '아! 귀한 반지구나.' 반지 값이 얼마나 되는지 궁금해서 귀금속 가게에 물어보니 5백만 원 정도 된다는 것입니다. 노숙인 빌리는 반지를 팔아서 자신의 어려움을 극복할 수 있을 것 같았습니다. 그러나 한편에서는 '그러면 안 된다. 이 반지를 주인에게 돌려주어야 한다.'는 생각이 들었습니다. 그러고는 반지를 소중하게 챙겨 두었습니다.

다음 날 아침이 되었습니다. 노숙인 빌리가 어제의 그 자리에서 빈 통을 놓고 구걸을 하고 있는데 동전을 기부한 여인이 나타나서 조심스럽게 묻는 것이었습니다. "어제 제가 동전을 기부하면서 혹시 반지가 통에 들어가지 않았나요?" 노숙인 빌리는 소중히 간직한 반지를 품속에서 꺼내어 돌려주었습니다. 여인은 너무나 고맙고 감사하였습니다. 노숙인의 정직한 마음에 감동받은 여인은 빌리를 돕는 캠페인을 벌여서 2억 원이라는 거금을 모아 그에게 전해주었습니다. 노숙인은 정직한 마음으로 큰 행복을 얻은 것입니다.

문 없는 문에 들어와 보니 텅 빈 방,
홀로 지새울 내 방이다.
아무도 시비하지 않는 이곳 그 어떤 속박도 없는 곳이네.
문은 잠겨 나갈 수 없지만 마음은 새처럼 자유롭다.

다섯, 나를 돌아보다

나를 돌아보다

봉암사 동안거 한철

봉암사는 우람한 산봉우리가 마치 봉황이 날개를 펴고 하늘에서 내려와 앉은 모습입니다. 봉암사 도량 내에는 맑은 물이 상봉에서부터 깊은 골을 타고 내려와 마음을 시원하게 해 줍니다. 포행 코스가 잘 다듬어져 계곡의 시원한 물소리와 함께 숲속을 거닐면 마치 다른 세상에 온 느낌입니다.

산색도 아름답고 계곡의 반석과 바윗돌도 아름답습니다. 선녀가 내려와 목욕을 했다는 선녀탕은 물의 맑기가 수정처럼 투명하고 깨끗합니다. 주변의 소나무, 참나무들이 어우러져 물속으로 뛰어 들어가 몸을 담그고 목욕을 하고 싶은 욕망이 절로 우러나올 지경입니다.

오랜 세월 속에 자연이 만들어 놓은 봉암사 계곡은 오래전부터 등산객이나 관광객을 들어오지 못하게 막아서 그런지 조금도 훼손되지 않아 계곡을 걷고 있는 것만 해도 행복합니다. 늦가을에 떨어진 낙엽들과 솔잎이 포행 길을 뒤덮고 있어 걸을 때마다 양탄자를 밟는 것처럼 폭신함을 느끼게 합니다. 물소리, 새소리, 풀벌레 소리를 들으면서 걸어가는 나의 모습이 마치 신선이 된 듯 착각을 일으키게 할 정도입니다.

참 아름답구나!
계곡도 아름답고 산도 아름답고
나뭇잎이 떨어져 쌓여 있는 것도
오랜 세월 속에 만들어진 이끼 낀 돌들도
아름답구나!
바라보고 있는 것만으로도 싱그러움이고 행복이네.

속세에 찌든 때가 한순간에 다 벗겨지는 것 같은 느낌이 듭니다. 나이가 들어서 그런지 젊었을 때 느끼지 못한 것을 자연을 거닐면서 새삼 느끼고 있습니다. 자연은 이렇게 마음을 아름답고 소박하게 만들어 줍니다. '이제는 산에서 산과 더불어 살아야 하는구나. 포교도 좋은 일이고 봉사도 좋은 일이지만 산에 와 보니 산과 더불어 일생을 같이하고 싶구나!'

쌍계사 금당선원에서 3년 결사를 하고 시중에 나와서 20년을 포교하고 소납의 나이 70세에 선방에 다시 올 생각을 한 것도 참 다행한 일이고 행복한 일입니다. 젊은 수행자들 정진하는 데 방해가 되어서는 안 된다는 생각을 하면서 잘 견딜까 하는 의문도 생깁니다. 그래도 뭐든지 아직은 자신이 있다는 생각이 듭니다. 나이가 들어서 절대로 만용을 부려서는 안 된다는 옛 선사의 가르침이 떠오르면서 스스로를 잘 조절해서 정진에 뒤지지 않도록 노력해 나가자고 다짐을 해 봅니다.

'잘 견딜 거야. 그리고 충분히 이겨 나갈 거야.' 자신감을 가지고 스스로에게 격려를 해 봅니다. '나는 충분히 해낼 수 있다. 평생을 수행과 포교의 원력으로 게으름 없이 살아오지 않았는가!' 용기와 자신감을 스스로에게 불어넣어 봅니다.

봉암사는 수행도량입니다. 전국에서 수행을 잘 하시는 수행자들이 근 100명이 모여서 정진하는 도량입니다. 남원루 선당에서 25명 정도가 정진하고, 선적당에서 20명이 정진을 하고, 서당 선방에서 근 50명이 정진을 하고 있습니다. 정진 시간도 근기에 맞게 정진할 수 있도록 서당에서는 하루에 10시간을 짜서 정진하고, 남원루에서는 8시간, 그리고 선적당에서는 하루 16시간 정진하도록 되어 있습니다. 결제를 하면 전국에서 모인 수행자들이 저마다 참신

봉암사는 수행도량입니다. 우람한 산봉우리가 마치 봉황이 날개를 펴고 하늘에서 내려와 앉은 모습입니다. 결제를 하면 전국에서 모인 수행자들이 저마다 참신한 생각을 갖고 이번 동안거에는 깨달음을 얻어서 수행자의 본분을 찾겠다는 각오로 정진을 하게 됩니다.

한 생각을 갖고 이번 동안거에는 깨달음을 얻어서 수행자의 본분을 찾겠다는 각오로 정진을 하게 됩니다.

새벽 2시부터 정진을 하는 선적당의 스님들은 항상 바쁘게 움직여야 시간을 맞추어 정진할 수 있습니다. 서당과 남원루는 새벽 3시부터 정진을 시작합니다. 아침에 일어나서 얼굴에 간단히 물 칠 정도만 하고 선방 좌복에 앉으면 하루 일과가 시작됩니다. 정진 시작 전에 가사를 수하고 무릎을 꿇고 앉아 있다가 죽비 삼배로 아침 예불을 올립니다. 예불을 마치고 가사를 벗고 나서 자리에 앉으면 정진을 시작하는 입승 스님의 죽비 삼성으로 입정에 들어갑니다. 50명이 함께 정진하는 선당 안은 숨소리도 들리지 않을 정도로 조용합니다.

정진 중에 1시간씩 돌아가며 죽비로 경책을 합니다. 졸음을 참지 못하고 몸을 흔들어 대다가는 꼼짝없이 죽비 경책을 받습니다. 오른쪽 어깨에 딱딱딱 그리고 왼쪽 어깨에 딱딱딱 세 대씩 여섯 대를 맞는 것입니다. 새벽녘에 울리는 죽비 소리는 몸을 선뜻하게 하고 졸고 있는 대중들의 정신을 차리게 하는 각성의 계기가 됩니다.

새벽 5시에 방선 죽비 삼성이 울리면 새벽 정진을 마칩니다. 그리고 오전에 3시간, 오후에 2시간, 저녁에 3시간 정진을 합니다. 정진 시간을 지키는 것은 선방에서 수행하시는 스님들의 생명과 같은 것입니다. 하루에 공식적으로 정진 시간이 10시간이면 몸 관리도 철저하게 해 나가야 합니다. 건강이 조금만 부실해져도 수행을 이어가기가 보통 어려운 일이 아닙니다.

수행 중에 중요한 것은 음식을 잘 조절해서 먹는 것입니다. 밥을 한 숟가락 더 먹고 덜 먹는 것이 수행에 도움도 되고 장애도 됩니다. 입에 맞는 음식이 있다고 점심 공양을 조금 더 받아서 먹으면 이것이 과식이 되어 지장을 줍니다. 조금만 음식을 더 먹어도 속이 더부룩합니다.

점심을 먹고 정진을 시작하면 졸음의 훼방꾼이 나타나서 괴롭히기 시작합니다. 눈을 치켜뜨고 졸지 않으려고 온갖 애를 써도 몸을 가누기가 쉽지 않습니다. 앞으로 기울거나 옆으로 기울어집니다. 정신을 차리고 바른 자세를 잡으려고 부단히 노력하지만 경책하는 스님의 눈을 속일 수는 없습니다. 조금 졸았다고 생각했는데 어깨 위에 사정없이 죽비 경책이 날아오는 것입니다. 맞을 때는 정신이 번쩍 드는 듯하다가도 다시 잠이 쏟아집니다. 잠을 이기는 것이 보통 어려운 것이 아닙니다. 맞고 얼마 있다가 또 얻어맞습니다.

그럴 때마다 마음속에는 작은 깨달음이 일어납니다. 다음에는 아무리 맛이 있는 대중공양이 들어와도 적게 먹어야 한다고 스스로 다짐을 합니다. 음식 먹는 것을 고양이가 밥을 먹는 것처럼 밥

양을 네 숟가락 아니면 다섯 숟가락 정도로 해야 수행을 무난히 이겨 나갈 수 있습니다.

수행 중에 음식 조절은 좌복에 앉아서 버티는 것만큼 중요합니다. 봉암사 선방의 스님들은 거의 저녁 공양을 하지 않습니다. 저녁을 먹고 3시간 정진을 하기는 쉽지 않습니다. 그래서 수행을 위해서 저녁에는 간단히 차 한 잔 마시고 봉암사 청정계곡으로 포행을 30분 정도 나갑니다. 빈속에 포행하는 것이기 때문에 음식을 향한 마음이 끊임없이 일어나지만 잘 참아 내어야 합니다. 포행을 마치고 나면 저녁 대종 소리가 들려옵니다.

이제 저녁 예불입니다. 선방 대중은 선방 좌복 위에서 죽비 삼배로 예불을 간단하게 하고는 곧바로 좌복에 앉아서 저녁 정진을 시작합니다. 저녁을 안 먹었기 때문에 저녁 정진뿐만 아니라 새벽 정진도 무탈하게 잘 이루어집니다.

정진은 한번 앉으면 2시간 아니면 3시간 이어서 해 나가야 합니다. 다리가 아프고 참기 힘들면 시간을 알리는 종을 칠 때 정진하시는 스님에게 방해가 되지 않도록 가만히 일어나서 밖으로 나옵니다. 5분 내지 6분 정도 다리를 풀고 다시 선방에 들어가서 좌복에 앉아 정진을 이어 가야 합니다. 젊은 사람도 아니고 나처럼 나이가 든 사람이 2시간, 3시간 쉬지 않고 정진을 이어 나가는 것은 보통 참을성이 아니면 불가능합니다. 1시간이 지나고 2시간이 가까워 오면 다리가 끊어지는 것처럼 아픕니다. 다리만 아픈 것이 아니라 허리도 만만치 않게 아픕니다.

사람마다 몸의 특징이 있는 것처럼 몸이 작고 허리가 짧은 스님은 오래 앉는 데 수월합니다. 허리가 길고 가냘픈 스님들은 그만큼 허리가 약하기 때문에 허리와 싸움을 해야 합니다. 가끔씩 등이 당기고 무엇이 매달린 것처럼 잡아당기기 시작하면 정말 앉아서 버티기가 힘이 들 수밖에 없습니다. 자신과의 약속도 저버리고 걸망을 메고 도망가고 싶은 충동이 밀려오기도 합니다.

수행의 근본은 참고 견뎌 내는 것입니다. 참고 참다 보면 오후 방선 죽비 소리가 들립니다. 하루도, 한 시간도 편하게 이어지는 때는 없습니다. 동안거 기간에는 해가 일찍 떨어지기 때문에 저녁 정진 시간에 선당 앞마당에서 하늘을 바라보면 별들이 총총하게 떠 있는 것을 볼 수 있습니다. 별들을 바라보면서 힘들고 지친 마음을 달래 봅니다.

저녁 7시에 시작해서 10시에 방선을 합니다. 그런데 7시부터 9시까지 두 시간은 그럭저럭 시간이 지나가지만 9시부터 10시까지는 시간이 잘 가지 않습니다. 여기저기서 딱딱딱 죽비로 경책 받는 소리가 간담을 서늘하게 합니다. 옆에 있는 스님이 죽비 맞는 것을

보면 정신이 더 번쩍 들게 됩니다.

저녁 방선을 마치고 선방 뜰에 나와 보면 하늘에는 마치 금가루를 뿌려 놓은 것처럼 별들의 다채로운 향연이 시작됩니다. 북극성이 있고 북두칠성, 카시오페이아 등 어릴 때 배운 별자리가 나타나는 것입니다. 가만히 몸을 풀면서 하루를 보낸 자신의 투지에 스스로 감사하는 기도를 드립니다.

수행 중에는 잠을 네 시간은 제대로 자 주어야 이튿날 정진을 잘 이어 갈 수 있습니다. 잠을 적게 자거나 잠을 설치면 새벽 정진부터 잠이 쏟아지게 되는 것입니다. 잠을 제대로 못 자면 정신이 뜨기 때문에 화두도 들리지 않고 오히려 산만해지고 몸을 가누고 지탱하기가 보통 어려운 것이 아닙니다. 수행 중에 잠을 조절할 줄 알아야 무난히 정진을 할 수 있습니다.

화두를 들고 화두 속에 살다 보면 정신이 맑고 초롱초롱해집니다. 평상시에는 하루에 세 끼를 먹으면서 지내는데 수행 중에는 저녁 공양을 하지 않으니 자연히 배 속이 비어서 속은 편안하고 정신은 더 맑아집니다. 정신이 맑아지면 잠이 쉽게 들 리가 없습니다. 말똥말똥 깨어서 밤을 거의 뜬눈으로 지새웁니다. 그러고 나면 새벽 정진부터는 졸음이 쏟아집니다. 그러니 죽비로 새벽부터 얻어맞고 얼마 안 되어 또 얻어맞게 됩니다.

밤에 잠을 못 자는 것이 일주일, 보름 지속되면 입안이 다 헐고 몸을 가누기가 힘들 정도가 됩니다. 정신을 차리고 안정을 시키는 것이 보통 어려운 일이 아닙니다. 수행 중에는 방선하고 나서 곧 잠자리에 들어 잠을 잘 자는 것도 수행하는 데 큰 도움이 됩니다. 밤 10시 30분쯤 잠자리에 들어서 새벽 2시에는 어김없이 눈이 떨어집니다. 새벽의 맑은 공기 속에 양치질하고 세수한 다음 포단에 10분쯤 앉았다가 선방 마당에서 가볍게 몸을 풀고 포행을 합니다. 새벽녘 별들도 저녁 별 못지않게 반짝입니다. 별들을 바라다보면 마음에 위안이 됩니다.

그래도 힘이 생기는 것은 정진하시는 스님들이 거의 삼사십대가 중심이 되니 젊은 스님들 속에 똑같이 앉아서 정진을 함께 하고 있는 것만 해도 행복하다는 생각이 들고는 나 자신도 그만큼 젊어진 기분이 드는 것입니다.

선방에서는 삭발 목욕을 보름에 한 번 하는 곳도 있고 열흘에 한 번 하는 곳도 있습니다. 봉암사 선방은 보름에 한 번 삭발을 하고 목욕을 합니다. 보름 동안 머리카락이 2센티미터 정도 자라게 됩니다. 머리카락이 길면 정신세계가 맑을 수 없고 머리가 근질근질하기도 합니다. 머리를 깎을 때면 면도기로 서로 깎아 주기도 하고 혼자서 거울을 보고 깎기도 합니다. 요즘은 면도기가 좋아서 머리가 잘 깎이는 편입니다.

스님들끼리 머리를 깎아 주면서 수행정진하는 동안 굳게 다물었던 입을 엽니다. 서로 대화가 이루어지는 것입니다. 삭발 목욕을 하고 나면 기운이 뚝 떨어집니다. 머리카락 잘랐다고 기운이 그렇게 떨어지는 것이 이해가 잘 안 될 정도입니다. 그래서 삭발 목욕일에는 오전부터 자유정진을 합니다. 그리고 이날은 찰밥 공양이 나옵니다. 찰밥은 골을 메운다고 해서 허한 기운을 채워 주기 때문에 사중에서는 찰밥을 스님들께 공양 올리는 것입니다. 그리고 개인적으로 가까운 산으로 포행을 가기도 합니다.

정진 중에 점심 공양을 마치고 가볍게 포행을 한 다음, 차를 잘 법제하시는 몇몇 스님의 방에 모여 차를 나누게 됩니다. 오래 묵은 보이차를 마시는 날이면 차 마시는 분위기가 평소보다 더 진지해집니다. 차를 마시는 분위기는 자연스러우면서도 법도가 있습니다. 반듯이 앉아서 법제해 주시는 스님의 손길을 바로 보고 차가 우려지면 두 손으로 찻잔을 감싸듯 쥐고는 차의 향을 음미하고 조금씩 마시면서 차의 맛을 음미하는 것입니다. 찻잔이 서너 번 돌아가면 몸도 마음도 편안해지고 배 속도 훈훈해집니다. 머리 쪽으로 막혀 있던 혈이 터지면서 몸에는 훈훈하고 맑은 기운이 돌게 됩니다.

차를 마시면 자연히 말이 나오게 됩니다. 보통 스님들은 객담(客談)을 잘하는 스님의 이야기를 경청하는가 하면 도리에 맞지 않는 말을 늘어놓아도 아주 재미있게 들어줍니다. 그러다 보면 이야기를 하는 스님은 자신이 하고 있는 말에 취해서 엉터리 같은 말을 끊임없이 쏟아 내는 것입니다. 선방에서 차 한 잔을 나누는 것은 냉랭한 분위기를 편안하게 해 주고 정진에도 도움이 된다고 생각됩니다.

정진 중에 반 철 살림이 끝나면 대중공양이 들어옵니다. 선방에서 수행하시는 스님들의 반연으로 공양금이나 공양물이 들어오게 되는 것입니다. 선방의 청규는 공양물이나 공양금은 구참이나 신참이나 똑같이 나누어서 결제를 마치고 해제비로 쓰이는 것입니다. 산철에 토굴에서 수행하시는 스님은 다음 결제까지 토굴에서 3개월을 지낼 생활비가 되는 것입니다. 건강이 안 좋은 스님은 약값이나 병원비로 쓰게 됩니다. 선방에서 정진하시는 스님들은 청빈하게 채식으로 공양을 드시다 보니 뼈가 약해지고 이도 조금씩 무너지기 때문입니다. 임플란트라도 하시는 분은 해제비가 턱없이 부족합니다. 그리고 선방 스님들의 해제비는 평소 마음먹은 곳으로 만행하기 위한 노자로 쓰이기도 합니다.

선방에 들어오는 대중공양금은 서기 스님이 받아서 유나 스님에게 보고하여 한 푼도 헛되이 쓰이지 않습니다. 대중공양은 수행하시는 스님들께는 소중한 것입니다. 구참 스님들은 정진 중에 잘 아는 도반이나 신도 반연께 대중공양을 올릴 수 있도록 조금은 노력하는 편입니다. 대중공양의 마음도 보살정신입니다.

부처님께서는 당시, 태자의 신분을 버리고 깨달음을 얻고자 고행하시다 건강이 허약해져 있을 때 수자타라는 우루벨라 촌장의 딸이 정성껏 올린 우유죽 공양을 받아 잡수시고 건강을 되찾으신 다음 부다가야 보리수나무 아래서 용맹정진하셔서 성불을 하시게 된 것입니다. 수자타 소녀의 공양은 그만큼 소중한 것입니다. 우리가 수행자에게 올리는 공양은 큰 공덕이 됩니다.

해제를 3일 정도 앞두고 선방 입승 스님은 대중에게 고합니다. "오늘부터 죽비를 놓겠습니다. 그동안 부족한 소납이 죽비를 잡고 대중 스님들께 심려를 끼쳐 드렸습니다."라고 겸허하게 말을 하고는 죽비를 놓는 것입니다. 그러면 3일 내지 4일 동안 아침과 저녁 정진은 정상으로 하고 오전과 오후 정진은 개별적으로 하게 됩니다.

선방 안에는 말 없는 존경과 보이지 않는 따뜻한 기운이 있습니다. 뜨겁고 냉철한 정진의 분위기 속에서도 구참과 신참의 상경하애(上敬下愛)의 마음은 어떠한 조직에서도 찾아볼 수 없습니다. 동안거 기간에 선방 대중을 위해 애써 주신 선원장 스님과 입승 스님, 그리고 탁마하며 함께 정진하신 대중 스님들께 감사드립니다.

나를 돌아보다

대중 청소

대중 청소는 대중이 함께 도량 구석구석의 묵고 묵은 쓰레기를 치우는 작업으로 비닐봉지를 들고 도량만 청소하는 것이 아니라 평소 포행을 하는 산 계곡까지 다니면서 쓰레기를 담아 소각장에서 함께 소각하는 울력입니다. 이때는 선방의 선덕 스님을 비롯하여 수좌 스님도 함께 나오셔서 대중 울력에 동참합니다. 이런 아름다운 행은 아마 승가가 아니면 볼 수 없는 따뜻한 풍경일 것입니다. 울력을 마치면 후원에서는 따뜻한 차와 간단한 먹거리를 준비해서 울력하신 스님들의 허기를 채워 줍니다.

해제를 며칠 앞두고는 그동안 본인이 깔고 덮고 자던 침구류를 세탁합니다. 앉아서 지낸 좌복도 세탁하여 깨끗하게 손질한 다음 피를 씌웁니다. 다음 철 결제에 정진하러 오는 스님들에게 조금의 수고로움도 없도록 사용한 물건을 본래대로 말끔하게 정리해 둡니다. 이것은 선방의 오래된 관행입니다.

기다려지는 해제 날은 어린아이처럼 마음속으로 즐겁습니다.

3개월 정진을 이겨 내고 견뎌 낸 자신에 대한 뿌듯함과 행복감도 함께합니다. 수행은 정진만 잘한다고 되는 것이 아닙니다. 대중의 눈치를 살필 줄 알고 함께 정진하는 동안 주변 스님과 잘 적응하는 것도 중요합니다.

음력 정월 보름날 사시, 법당에서 이루어지는 해제 행사에 동참하여 부처님께 예불을 올립니다. 예불의식이 끝나면 동안거 해제 법문을 듣게 됩니다. 수좌이신 적명 선사의 해제 법문을 듣고 3개월의 동안거를 마치게 됩니다. 함께 정진하신 분들과 찍은 사진 한 장과 한철 수행정진을 잘했다는 안거증을 받고는 산문을 나섭니다.

특별히 얻은 것은 없지만 3개월 동안 젊은 스님들 속에서 어려운 수행이지만 잘 참고 견뎌서 낙오되지 않은 것만 해도 마음이 흡족합니다. 칠순의 나이에 무모한 도전으로 건강을 망치기 쉽다고 만류하는 도반 스님도 계시고 상좌 스님들도 있었지만 잘 견뎌서 해제를 하게 되니 오히려 자신감이 더 생기는 것을 느낄 수 있었습니다. 힘은 들었지만 봉암사 서당의 동안거 한철은 내 인생에서 보람이었습니다.

나를 돌아보다

백담사 무문관으로

오전 9시에 백담사로 출발하기로 시간을 정하였습니다. 새벽 기도 시간에 부처님 전에 죽비 예불을 드리고 앉아서 입정을 하였습니다. 내 마음은 벌써 백담사 무문관으로 줄달음치고 있었습니다. '그래, 잘 살아야 한다. 마음에 부담은 조금도 갖지 말아야 한다. 무문관 폐관 수행은 해 볼 만한 수행이다. 방문 밖으로 출입을 할 수도 없고 포행도 할 수 없는 곳이다. 자신과의 약속이다. 홀로 수행을 하니 누구와 다툴 일도 없고 눈치를 볼 일도 없다. 업무에 시달릴 일도 없고 오직 자기 자신과의 싸움이다.'

한겨울에 남해 복골 신선토굴에서 문밖 출입 없이 잘 살아온 기억도 있습니다. 수도암 결사 정진, 쌍계사 금당에서의 3년 정진과 오룡골 토굴에서 2년간의 정진으로 어느 정도 참고 견디는 수행은 충분히 이겨 나갈 것이라는 생각이 들었습니다. 단지 걱정이 되는 것은 나 자신의 건강입니다. 나이가 들어 가니 갑자기 심장에 이상이 느껴지거나 급하게 병원 갈 일만 없으면 별다른 문제는 없을 것입니다. 일반 선방에서는 급성으로 오는 병은 병원 치료가 가능하지만 무문관 수행은 조금의 용납도 없습니다. 부모님이 돌아가셔도 나올 수가 없습니다. 어떤 이유든 한 번 자신의 방문을 열고 나가면 다시는 무문관 방으로 되돌아갈 수 없습니다. 곧바로 수행의 낙오자 취급을 받게 될 것입니다. 아마 지구상에서 무문관 규칙보다 까다로운 곳은 없을 것입니다. 스스로 약속하고 들어온 곳이니 스스로 약속을 지켜야 하는 것입니다.

무문관은 철저히 묵언 수행 정진이니 말을 할 수가 없습니다. 묵언 수행은 해 보고 싶었지만 쉽게 할 수 없었습니다. 소임을 살면서 묵언 수행은 거의 불가능합니다. 그런데 무문관은 홀로 있기 때문에 말 상대가 없어서 말을 한다면 혼자 허공을 보고 이야기를 해야 합니다. 말 없는 말을 혼자 주고받는 것입니다. 그리고 혼자서 빙긋이 웃습니다. 식사는 하루에 한 끼니를 넣어 줍니다. 부처님 당시에 사시 한 끼를 먹고 수행했던 것처럼 사시 한 끼를 공양하는 것이 원칙이 된 것입니다. 이번 무문관 수행에서 부처님 당시처럼 하루에 한 끼니만 먹고 수행을 해 볼 생각입니다. 먹는 것을 조절하는 것도 자신과의 싸움입니다. 이 싸움에서 이겨 나가야 합니다. 적게 먹고 오직 수행에만 전념하는 마음을 가져야 합니다.

흘러가는 물처럼 유유히 살아야 합니다. 조금도 급할 것 없고 더 될 것도 없습니다. 물소리 새소리 풀벌레 소리 들으면서 자신의 내면세계인 근본 진아(眞我)의 마음으로 되돌아가야 합니다. 본래 마음자리, 시비가 없는 마음자리, 분명하게 또렷이 아는 자신의 마음 고향에 이탈되지 않고 머물러야 합니다. 그 어떤 것에도 머문 바 없이 또렷이 머물러야 합니다.

몸도 아직은 건강합니다. 모든 것이 나 자신을 믿고 수행할 따름입니다. 상좌나 신도님들은 내가 수행하는 것은 무조건 100퍼센트 잘 된다는 믿음을 갖고 있습니다. 크게 걱정을 해 주는 신도도 없습니다. 그래도 만류하는 신도가 한두 사람쯤 있을 줄 알았는데 만류하는 신도님이 아무도 없습니다. 내 나이가 72세인데도 신도님들은 아직도 나를 청년 스님으로 알고 어떤 수행을 해도 아무 걱정이 없다고 생각들을 하고 있는 것 같습니다. 그래도 고마운 것은 무문관에 들어간다고 하니 신도 간부들이 배웅을 나와 준 것입니다. 마음속 깊이 감사를 드렸습니다. "백담사 무문관 하안거 3개월간 수행정진을 잘하고 오겠습니다."

해운대 여여선원 주지 도우 스님이 차를 하나 구입한 모양입니다. 차가 튼튼해 보입니다. 새 차를 뽑고 나를 백담사까지 데려다 주기 위해 왔습니다. 그리고 장안사 주지 정오 스님이 먼 길을 함께 동행하기로 했습니다. 마음속 깊이 고마운 마음이 듭니다. 정오 스님은 천년고찰 장안사 주지이면서 기장군사암연합회 회장을 맡고 있습니다. 노후화된 전각을 보수하고 새롭게 도량을 정비하는 중창불사를 열정을 다해 하고 있습니다. 그 외에도 크고 작은 문화 활동을 통해 지역사회에서 활발한 활동을 하고 있습니다. 그 바쁜 중에도 1박 2일로 계획을 잡고 함께 동행해 준 데 대해서 고맙게 생각합니다.

여여선원에서 간단한 짐을 실었습니다. 여여선원 간부와 많은 분들이 배웅을 해 주었습니다. 눈시울이 따뜻해지는 것을 느낄 수가 있었습니다. 인간다운 정을 느끼고 더불어 사는 보람을 느끼게 하였습니다.

백담사를 가기 전에 금강공원에서 일 년에 한 번 다신제를 지내는 금어암에 갔습니다. 금어암의 차문화축제는 오랜 전통을 이어오는 문화축제입니다. 근 10년을 한 번도 빠짐없이 참석한 것 같습니다. 금어암 차문화축제에 미리 참배를 하고 월강 스님께 축하를 드리고, 기념사진을 함께 찍고, 행사에 쓰시도록 동참금을 전달하고 곧바로 강원도 양양 낙산사로 출발했습니다.

낙산사까지는 해변길로 가는데 예전보다 길이 좋아지긴 했지만 그래도 시간은 제법 걸리는 듯싶었습니다. 두 번 휴게소에서 쉬고

낙산사에 도착하니 오후 5시가 다 되었습니다. 사제 혜륜 스님이 마중을 나와서 일행을 맞아 주었습니다. 먼저 낙산사 대웅전을 함께 참배하고 국내 최대 관음대불을 참배하였습니다. 관음대불은 참 인자하게 조성되었습니다. 이어 낙산사 의상대와 홍련암 관음성지에도 참배를 했습니다.

몇 년 전 낙산사에 화재가 나서 그 아름답던 낙산사 경내에 있던 수백 년 자라 온 소나무, 아름다운 조경, 그리고 천년 세월 속에 조성된 사찰 문화재가 거의 잿더미가 되었습니다. 불자뿐만 아니라 온 국민이 함께 마음 아파했습니다. 제법 세월이 흘러서 이제 화마(火魔)의 흔적을 찾아볼 수 없을 정도로 예전의 아름다운 풍광을 되찾은 듯싶었습니다. 주지 스님과 전국 불자님들의 뜨거운 원력으로 불사가 이루어진 셈입니다.

관음성지 홍련암 법당 관세음보살님을 참배하면서 마음속 깊이 기도를 드렸습니다. 이번 백담사 무문관 한철 결사를 원만하게 회향하게 해 달라고 마음속 깊이 염원했습니다. 그리고 여여선원 식구들, 여여정사, 대흥사, 관음낙가사, 붓다선원, 해운대 여여선원, 김해 여여정사, 울산 여여선원, 동래 효심사, 남산동 보현선원, 청량사, 장안사, 고불사, 부산종교지도자협의회, 부산불교복지협의회, 세상을향기롭게, 외국인근로자쉼터, 부산진구복지협의회 하나

하나가 머릿속을 스쳐 지나갔습니다. 인연 있는 모든 분들이 잘 되었으면 하는 바람으로 기도를 드렸습니다. 또한 이참에 휴전선이 무너지고 하루속히 통일의 문을 열어서 남북 이산가족의 한을 풀어 주었으면 좋겠다는 기도도 드렸습니다.

내설악에 묻혀 있는 백담사 무문관은 한 번 들어가면 3개월 동안 무문관에서 정한 틀 속에 머물러야 합니다. 어떠한 이유도 통하지 않는 곳입니다. 스스로 문을 잠그고 들어가면 3개월은 무문관 안에서 이겨 나가야 하는 것입니다. 아마 나는 잘 견딜 것입니다. 못 이길 것이 무엇이 있겠습니까.

홍련암 참배를 마치고 사제 혜륜 스님이 준비해 준 장소에서 함께 저녁 공양을 하면서 백담사에서 지내는 이야기를 나누었습니다. 저녁 공양 후 양양 바다가 끝없이 펼쳐진 바닷가 길을 걸었습니다. 저녁이라 사람들이 별로 없어서 바닷길은 조용하고 아름다웠습니다. 파도가 밀려오고 밀려가는 바닷가 길을 걷습니다. 걷기도 참 편안합니다. 이 아름다운 길을 걷고 있는 '나는 누군가? 왜 백담사 무문관에서 3개월 머물러 있어야 하는가?'를 스스로에게 조용히 물어봅니다. '그냥 내게 주어진 길인가 보다.'라는 생각을 해 봅니다. 백사장 아름다운 길만 길이 아닙니다. 홀로 조용히 나를 돌아볼 수 있는 백담사 무문관 결사도 아마 아름다운 길이 될 것입니다.

낙산사 의상대에 앉아 저녁노을의 풍광을 바라봅니다. 홍련암의 낙조도 무척이나 아름답습니다. 바닷물이 밀려와서 바위에 부딪치면서 철썩입니다. 한적하고 아무 부담이 없는 저녁 풍경입니다. 사제 정오 스님, 혜륜 스님, 상좌 도우 스님과 함께 낙산사 의상대에서 바라보는 낙조의 아름다움을 마음속 깊이 담아 놓습니다.

낙산사에서 하룻밤을 지냈습니다. 모처럼 바람 소리 파도 소리를 들으면서 고정된 틀에서 벗어나 자유인이 된 것 같았습니다. 오늘은 음력 4월 13일입니다. 백담사에 들어가기 전에 신흥사를 참배해야 된다는 생각이 들었습니다. 백담사 무문관을 처음 개설하시고 기초선원을 개원하시고 만해마을을 만드시고 만해대상을 만들어 이 지역 주민뿐만 아니라 불교 발전에 무단히 애를 쓰셨던 조실 스님이 신흥사에서 입적하셨습니다. 산내는 모두 숨을 죽이고 마음속 깊이 애도하는 모습이 여기저기서 보였습니다. 신흥사에서는 일반 대중이 참배할 수 있도록 분향소를 마련해 놓았습니다. 미리 참배를 드리고 백담사로 가는 것이 예의라는 생각이 들었습니다. 분향소에서 참배하고 신흥사 주지 스님과 간단히 차담을 나눈 후 백담사로 향했습니다.

백담사는 아주 조용하였습니다. 스님들도 눈에 보이지 않고 일반인도 보이지 않습니다. 그대로 한적한 산사인 것입니다. 백담사 앞 계곡은 각기 소원을 안고 돌탑들이 여기저기 쌓여 있습니다. 만 탑이 넘어 보입니다. 백담사를 타고 내리는 계곡이 넓어 내[川]가 되었습니다. 모난 돌이 하나도 없습니다. 세월이 모든 돌을 둥글게 만든 것입니다. 온갖 비바람과 흐르는 계곡의 물이 돌을 일부러 깎아 놓은 것처럼 둥글둥글합니다. 우리 인생도 마찬가지입니다. 모진 세파를 견디며 살아온 사람은 모난 데가 없습니다. 인생살이도 둥글둥글 살아가는 것입니다. 고생을 해 보지 않고 독불장군으로 살아온 사람은 인생의 참맛을 모릅니다. 자기 위주로 자기 식으로 살아가니 잘 어울리지 못하는 것입니다.

백담사 부처님 전에 참배를 마치고 곧바로 무문관으로 들어가게 되었습니다. 사제 정오 스님, 혜륜 스님, 상좌 도우 스님이 짐을 옮겨 간단히 정리를 하고 사제 스님들과 기념사진을 몇 장 찍었습니다. 정오 스님과 혜륜 스님, 도우 스님은 백담사 경내에서 헤어졌습니다. 참으로 고맙습니다. 사제 정오 스님도 고맙고 상좌 도우 스님도 고맙습니다. 그리고 낙산사 혜륜 스님도 고맙습니다. 나 자신이 바쁘게 살다 보니 사제 스님들과 따뜻하게 대화를 나누면서 정을 쌓지 못하고 살아왔습니다. 상좌들을 두게 되니 내 상좌 챙기는 데는 애를 써도 사제들과의 교류가 부족하다는 생각이 듭니다. 해제를 하면 사제들을 찾아보아야겠다는 생각이 듭니다. 스님들이 떠나자마자 순간적으로 허전한 생각이 들었습니다.

사람과 사람 사이의 정이라는 것이 사람의 마음을 울적하게 만듭니다. 정은 사람의 마음을 빼앗아 가기 때문입니다. 그러니 부처님께서는 한 나무 밑에서 사흘을 머물지 말라고 말씀하신 것입니다. 밖에 서 있는 나무도 사흘 이상 머물면 정이 드는 것입니다. 하물며 사람과의 정은 더 깊이 들기 때문에 어디든 3일 이상을 머물지 말라는 부처님의 가르침인 것입니다.

설악산의 산세 수려하고
기상 웅장하여라.
봉정에서 흘러오는 맑은 계곡의 물,
세월이 흘러서 만들어 낸 돌들,
온갖 풍상을 겪고서 둥글둥글.
여기를 봐도 저기를 봐도
모난 돌이 없어라.
흘러가는 물들은 햇빛에 반사되어
금구슬 은구슬 옥구슬이네.
나무들도 맑은 물에 몸을 담그려고
여기저기서 얼굴을 내민다.

산이 좋아진다.
점점 산이 좋아진다.
새소리 물소리 풀벌레 소리,
자연의 이치 그대로 화엄경을 설하고 있네.
그대로 가식도 꾸밈도 없는 부처님 음성이네.

나를 돌아보다

백담사 무문관

백담사는 내설악에 있습니다. 만해 한용운 스님이 머무신 도량입니다. 부처님 진신사리가 모셔진 봉정암 기도를 가려면 백담사를 첫 번째로 들르는 참배 코스이기도 합니다. 백담사 조실 스님은 설악당 무산 대종사이십니다. 공교롭게도 백담사 도착 하루 전날 조실 스님은 열반에 드셨습니다. 1998년에 백담사 무문관인 무금선원을 개원하셨습니다. 음력 열여샛날 신흥사에서 조실 스님 영결식을 치르고 다비식은 건봉사에서 총무원과 전국 수좌 스님들 그리고 내외 귀빈을 모신 가운데 성대하고 법답게 봉행되었습니다. 백담사는 설악산 신흥사 말사이기 때문에 하안거 방부를 들인 선방 수행자들이 함께 다비식에 참석하고 와서 백담사에서 무문관 방부 입재식을 갖게 되었습니다.

백담사 기초선원에는 초심 수행자가 45명 정도 방부를 들이고 무문관 수행자는 유나 스님을 포함해서 11분의 수좌 스님이 동참하게 되었습니다. 백담사 유나 스님은 영진 스님이십니다. 동심 출가하여 오직 외길 수행의 길을 걸어가고 계시는 대선사이십니다. 백담사에서 참선 수행하는 납자들이 정진을 잘할 수 있도록 이끌어 주십니다. 한마디로 선근이 많은 분입니다.

백담사에는 대한불교조계종에서 지정한 기초선원이 있습니다. 사미 스님들이 올바른 수행의 길로 접어들어서 깨달음을 얻을 수 있도록 참선의 길을 열어 주는 선원입니다.

백담사 좌측에는 무문관(無門關)이 있는 무금선원(無今禪院)이 있습니다. 수행자 한 분이 독방을 받아서 묵언과 하루에 한 끼 식사를 하면서 정진을 하는 무문관 선원입니다. 무문관 선원에는 기초수행이 이루어지지 않은 스님은 입방을 할 수 없습니다. 무문관은 백담사 좌측에 위치하고 있으면서 작은 법당을 중심으로 법당 좌측에는 수행 공간으로 방이 열 칸 있고 맞은편에도 수행 공간으로 방사가 다섯 칸 있습니다. 무금선원은 작은 법당을 중심으로 오른쪽에는 시자실과 방이 다섯 칸으로 되어 있습니다.

무문관 앞으로는 백담사 앞을 지나가는 계곡이 있습니다. 대청봉을 타고 내려오는 계곡이 백담사 1킬로미터 전방에서부터 차츰 넓어져서 백담사 앞 500미터부터는 넓은 내[川]가 된 것입니다. 냇가에는 크고 작은 둥근 돌들이 수도 없이 깔려 있습니다. 온갖 풍파와 물결을 거치면서 하나도 모난 돌 없이 모두 둥글게 된 것입니다.

사람들도 온갖 세파를 견뎌 내다 보면 마음에 모가 없어지고 어떤 어려움이 밀려와도 상황에 잘 대처해 나가게 됩니다. 삶의 환경에 순경계와 역경계가 있는 것처럼 부닥치면서 단단해지고 한편으로는 부드러워지는 것입니다.

내를 따라 17킬로미터를 올라가면 봉정암이 있습니다. 많은 사람들이 봉정암을 오르는 것은 봉정암이 부처님 진신사리를 모신 보궁이고 기도처이기 때문입니다. 백담사를 거쳐서 봉정암까지는 자연 풍광이 무척 아름답기 때문에 거의 종일을 걸어서 그 먼 길을 올라가는 것입니다. 한 번 올라간 사람은 성취감을 느끼게 됩니다. 도전을 통해 이루어 낸 결실은 더 깊은 행복을 느끼게 해 줍니다.

수행을 하는 것도 같은 이치일 것입니다. 수행을 해서 무엇을 얻었느냐고 물으면 고개를 가로저을 것입니다. 아무것도 얻은 것이 없다고 대답할 것입니다. 본래부터 얻을 것 없는 것을 찾으려 하는 것입니다. 깨달음은 이미 자신의 마음속에 다 갖추고 있습니다. 부처님께서도 본래 깨달을 것 없는 것을 깨달아 아신 것입니다. 부처님께서는 45년을 설법하시고도 한 법도 설한 바가 없다고 하셨습니다. 설할 것이 있어서 설한 것이 아니라는 것입니다. 본래 사람마다, 유정 무정이 모두 개유불성이라고 말씀을 하신 것입니다. 모든 중생의 마음속에 이미 부처의 성품을 다 간직하고 있는데 다만 스스로 어리석어서 보지 못하고 있을 뿐이라고 말씀을 하신 것입니다.

무문관 수행

무문관 수행은 수행자가 오로지 조사관을 타파하여 일대사를 요달(了達)하고자 위법망구의 정신으로 매진하는 것입니다. 모름지기 납자라면 일생을 포기하고 한낱 바보 천치가 될지언정 본분일착을 밝히기 위하여 무문관에서 정진해야 합니다. 고봉 선사는 본분사를 깨치고는 사관에 들어 보림에 임하셨고 근세의 효봉 스님은 금강산 신계사에서 3년 동안 두문불출하신 후에 일대사 인연을 해결하셨으니 무문관은 이와 같은 역대 조사 스님들의 수행 가풍을 계승하여 폐관 정진하는 수행처를 말합니다.

대도무문大道無門　대도에 무슨 문이 있겠는가.
천차유로千差有路　천 갈래의 길이 있다 하더라도
투득차관透得此關　오직 이 관문을 통과하여야
건곤독보乾坤獨步　천지에 이 길을 홀로 걸어갈 수 있으리라.

대도에는 본래 문이 없습니다. 도에 들어가는 문이 천 갈래 만 갈래 있다 하더라도 오직 조사의 관문을 타파하고 문 안에 들어와야 하는 것입니다. 오직 자성을 확철하여 깨달은 수행자만이 통과할 수 있는 문입니다. 천지에 이 길을 당당하게 홀로 걸어갈 수 있는 것입니다.

폐관하기 전에 유나 소임을 맡고 있는 영진 스님께서 무문관에서 지켜야 할 입방 규칙을 간단하게 설명해 주셨습니다.

가. 대중생활을 할 때 대중의 눈을 의식하듯, 무문관에서는 철저히 자기 자신을 명철히 바라보면서 맑게 깨어 있어야 한다.
나. 무문관에서는 예불과 예참을 잘 지키고 자신의 수행 리듬에 맞게 반드시 108배를 해야 한다.
다. 무문관에서 절대 소지해서는 안 되는 금지 품목은 일체의 서적, 녹음기, 핸드폰, 노트북 등으로 이의 반입을 불허한다. 혹 가지고 오신 분은 사중에 맡겨 놓았다가 해제 날 돌려 주도록 한다.
라. 수행 일과표를 만들어서 생활한다.
마. 반드시 묵언정진을 한다. 정진 중에 옆방에 피해가 가지 않

도록 조심한다. 밖에서 오는 우편물이나 소식을 받지 않는다. 특별한 일이 있을 시 쪽지로 전달을 받는다.

무문관은 결제 날 오후 1시에 문을 폐관합니다. 어떤 이유든 문 밖으로 나올 경우 수행을 포기한 것으로 간주합니다. 무문관 좌선 일정표를 앞에 두고는 스스로에게 다짐합니다.

새벽 기상 오전 3시 정각
새벽 정진 오전 3시부터 6시까지
오전 정진 오전 8시부터 11시까지
점심 시간 오전 11시부터 12시까지

오후 정진 오후 2시부터 4시까지
저녁 정진 오후 6시부터 9시까지
참회 기도 오후 9시부터 10시까지
저녁 취침 오후 10시 30분

나 자신과의 약속된 정진 시간이다.

주어진 시간에 최선을 다해서 정진하자.

보람된 시간이다.

다시 오기 어려운 기회이다.

자신과의 치열한 정신력 싸움이다.

자신을 이기는 것이 무엇보다 소중하다.

식사는 매일 사시에 올리는 공양 시간에 한 끼만 먹어야 한다.

식사를 조절하고 적은 양의 음식을 먹도록 노력하자.

묵언 정진은 저절로 하도록 되어 있다.

이야기할 대상자가 없기 때문이다.

나 자신에게 묻는다.

힘들지 않은가?

아니, 참고 견딜 만하다.

그리고 해 볼 만하다.

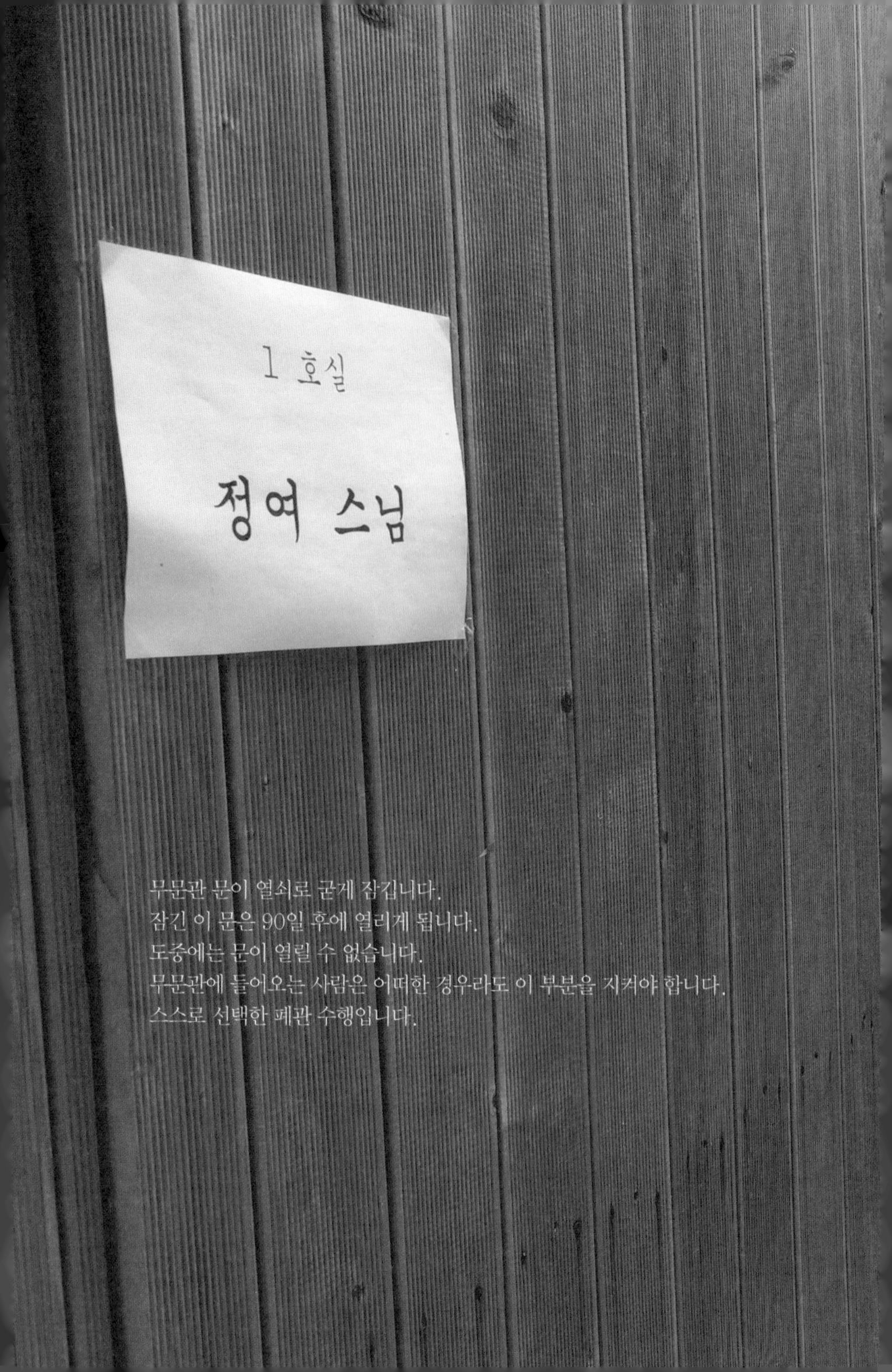

무문관 문이 열쇠로 굳게 잠깁니다.
잠긴 이 문은 90일 후에 열리게 됩니다.
도중에는 문이 열릴 수 없습니다.
무문관에 들어오는 사람은 어떠한 경우라도 이 부분을 지켜야 합니다.
스스로 선택한 폐관 수행입니다.

나를 돌아보다

무문관의 문이 잠기다

결제 후 오후 1시에 무문관 문이 열쇠로 굳게 잠깁니다. 잠긴 이 문은 90일 후에 열리게 됩니다. 도중에는 문이 열릴 수 없습니다. 무문관에 들어오는 사람은 어떠한 경우라도 이 부분을 지켜야 합니다. 문이 잠기는 순간 90일 동안 무문관 1호실 밖을 한 발자국도 나갈 수 없습니다. 스스로 선택한 폐관 수행인 것입니다. 밖에서 유나 스님이 직접 문을 잠그는 것 같습니다. 문이 잠기는 소리가 들립니다.

그 순간 가슴이 뛥니다. 그리고 마음이 갑갑해지는 것을 조금은 느낄 수가 있습니다. 생각의 차이가 이런 것인가! '잠긴다'는 이 한 생각에 심장이 빨리 뛰고 조금은 답답증을 느끼는 것입니다. 스스로에게 말합니다. '걱정하지 마라. 이 정도 환경에서 충분히 지낼 수 있다. 그리고 거뜬히 이겨 낼 것이다. 작은 방이지만 지낼 만한 곳이다.'

젊은 시절이었습니다. 군대생활을 하는 도중에 만용이 생겨 월남

전에 참전하고 싶다는 생각이 들었습니다. 그때가 1968년 1월이었습니다. 북한에서 김신조 일당 30명이 무장을 하고 청와대를 습격할 목적으로 남한에 내려와서 나라 전체에 비상이 걸린 때가 있었습니다. 그로 인해서 우리 군은 더 강화된 특수훈련을 받게 되었습니다.

그 무렵 나는 제3 부두의 파월 수송선에 올라 있었습니다. 월남 간다고 부두 선착장에서 환송회가 열리고 있었던 것입니다. 학생들과 파월 가족들, 시민들이 태극기를 흔들어 주었습니다. 갑판에 나와 손을 흔들었습니다. 환송식이 끝나고 1만5천 톤급 파월 수송선이 출항하기 시작하였습니다. 그 전까지만 해도 월남 간다는 생각과 환영 인파의 환송식에 담담했는데 배가 부두에서 떠나기 시작하자 갑자기 울적한 마음이 솟구쳤습니다. 부두가 점점 멀어졌습니다. '내 나라, 내 고향에 살아서 돌아올 수 있을까.' 돌아올 수 있다는 기약 없이 부산항 부두가 시야에서 사라질 때까지 많은 장병들이 소리 없이 눈시울이 붉어지도록 눈물을 흘렸습니다.

백담사 문이 잠기는 순간, 월남전에 참전하기 위하여 출항할 때의 생각이 불현듯 떠올랐습니다. 지금은 그와는 다르지만 연관된 느낌이 일어나는 것이었습니다.

방안에는 작은 물건을 넣어 둘 수 있는 서랍장이 하나 있고 작은 책상이 하나 있습니다. 그리고 옷걸이가 몇 개 걸려 있습니다. 물을 데워 먹을 수 있게 전기포트가 한 개 있고 컵이 2개 있습니다. 냉장고 작은 것이 하나 있고 국그릇과 밥그릇 그리고 조금 큰 퇴수그릇이 있습니다. 수저가 한 벌 있습니다. 조용하고 소박한 살림살이입니다. 샤워기가 하나 달려 있고 옆에는 용변기가 있습니다. 세숫대야가 2개 있습니다. 세숫비누가 있고 빨랫비누, 하이타이도 있습니다. 그릇을 닦을 수 있게 퐁퐁도 있습니다. 두루마리 휴지가 3개 있고 그릇을 닦는 긴 휴지가 있습니다. 검정 비닐봉지와 하얀색 비닐봉지가 넉넉하게 준비되어 있습니다. 냉장고에는 김치와 깍두기, 물김치 그리고 장아찌가 준비되어 있습니다.

꼼꼼하게 준비를 해 놓은 것입니다. 수행하는 이는 다만 자기 자신을 잘 조절하여 살아가도록 최소한의 기본 준비가 된 것입니다. 무문관 살림을 맡아서 하는 원주 스님이 애를 많이 쓰시는 것 같았습니다. 잘 갖추어진 토굴생활인 것입니다. 밖에서 토굴생활을 할 때는 일일이 본인이 준비를 다 해야 하는데 이곳은 부족한 것 없이 준비를 해 준 것입니다. 스스로 정진해 나가는 것은 이제 각자 수행하는 스님들의 몫입니다.

수행 시간표에 맞추어 좌복에 앉아서 정진을 시작합니다. 몸을 가볍게 풀고 나서 스스로 입정 죽비를 칩니다. 입정 죽비는 옆방에 들리지 않도록 가볍게 쳐야 합니다. 그리고 입정에 들어갑니다. 산의 기운이 맑아서 그런지 쉽게 고요하고 맑아집니다. 앉을 수 있을 만큼 앉아서 정진을 해야 합니다. 한 번 앉으면 2시간씩 앉을 계획이었는데 그렇게 무난히 정진이 되는 것은 아닙니다. 혼자 앉다 보니 다리도 자주 바꾸게 되고 앉는 시간도 길어졌다 짧아졌다 하는 것입니다. 그래도 마음속에서 크게 신경 쓰이지 않습니다. 선방에서는 다리가 아파도 옆에서 정진하시는 스님들에게 피해가 갈 것 같아서 참고 견디게 됩니다. 그런데 무문관에서는 홀로 앉아서 정진하다 보니 옆을 신경 써야 할 이유가 없습니다. 그것만 해도 마음이 홀가분합니다.

하루에 한 번 공양를 합니다. 오전 10시 50분에 배식 창구에서 음식을 가지고 와서 먹으면 됩니다. 다섯 숟가락 정도의 밥 양을 국과 나물, 그리고 된장에 찍은 야채와 함께 먹습니다. 소찬에 시간 제한이 없습니다. 공양 시간을 느긋하게 잡고 꼭꼭 씹어서 밥을 먹습니다. 바쁠 것이 없습니다. 선방이나 토굴생활 그리고 무문관 생활에서는 혼자서 음식을 먹습니다. 반찬 몇 가지에 채소를 쌈장에 찍어서 먹습니다. 혼자 먹는 음식이 맛이 있을 수가 없습니다. 그냥 배를 채워 나가는 것입니다. 그래도 마음에 여유를 갖고 행복하고 감사한 마음으로 기도를 드리고 공양을 합니다. 공양이 끝난 다음에도 감사하게 잘 먹었다고 간단한 기도를 드립니다. 음식이 나에게 오기까지 단월과 시주물의 은혜에 감사를 드립니다.

식사는 조절을 잘 해야 합니다. 정진하는 데 실패하는 것은 거의 음식 조절에 있습니다. 음식을 많이 먹으면 수행이 제대로 되지 않습니다. 그렇다고 너무 적게 먹으면 몸에 기운이 떨어져서 제대로 수행을 할 수가 없게 됩니다. 음식을 조절하는 것 자체가 수행이고 기도인 것입니다. 오랜 수행을 한 경험이 있어서 음식을 조절하는 것은 몸에 배어 있습니다. 소찬을 꼭꼭 오래 씹어서 먹습니다. 오래 씹으면 마음이 고요해지고 안정이 됩니다. 천천히 먹는 습관 하나만 가지고 있어도 건강은 좋아집니다. 공양을 마치고는 그릇을 정성스럽게 씻어서 마른 행주로 물기를 제거하고 완전히 물기가 마른 다음 뚜껑을 닫아서 배식구에 넣어 둡니다.

그리고 간단하게 방을 청소합니다. 크게 청소할 것 없지만 그래도 매일 하루에 한 번은 청소를 합니다. 어디 들어올 곳도 없는데 먼지가 제법 장판 위에 깔려 있습니다. 햇빛에 비친 미세먼지가 만만치 않습니다. 이렇게 공기가 맑은 산중에 미세먼지가 어떻게 발생하는지 이해가 되지 않습니다. 그러니 시중에 있는 여여선원은 얼마나 대단한지 이해가 되는 부분입니다.

공양을 마친 다음에는 1시간 정도 앉았다 일어났다 서성거리고

어느 정도 소화가 된 다음에 다시 좌복에 앉아서 정진을 합니다. 오후 4시쯤 방선 죽비를 가볍게 칩니다. 그리고 운동을 합니다. 요가도 해 보고 물구나무도 서 보고 일어나서 제자리에서 가볍게 뛰는 운동도 해 봅니다. 몸에 혈이 돌아가는 것을 느낄 수가 있습니다. 무문관에서 자주 몸도 풀고 다리도 풀어야 한다는 기본 상식을 꾸준히 지켜 나갈 생각입니다.

가끔씩 작은 새들이 찾아옵니다. 그럴 때마다 땅콩을 준비했다가 새들에게 줍니다. 새들은 눈치를 봅니다. 배짱이 있는 새는 겁도 없이 날아와서 먹이를 물고 날아갑니다. 하루 이틀 여가 시간에 새들과 시간을 보냅니다. 새는 견과류를 좋아합니다. 틈틈이 먹이를 주니까 새들 몇 마리가 고정적으로 찾아옵니다. 먹는 것을 가지고 새들을 꼬으는 것입니다. 점점 사이가 좋아집니다.

저녁에는 밥 대신 우유를 한 잔 마십니다. 그리고 따뜻한 물을 끓여서 보이차를 우려서 몇 잔 마십니다. 보이차를 마시면서 마음의 여유를 찾아봅니다. 차를 우리고 차 맛을 느끼는 동안 몸도 마음도 한가로워집니다. 차를 마시는 순간 무문관이라는 생각도 사라지고 그냥 무심히 앉아서 차를 마십니다. 참 한가롭고 고요합니다.

차를 마시고 잠시 쉬었다가 저녁 기도를 드립니다. 무릎을 꿇고 앉아서 시방에 항상 계시는 삼보님께 감사의 기도를 올립니다.

오늘 하루 무탈하게 지내게 되어 감사의 기도를 드립니다.

나 스스로 선택하여 정진하게 됨을 진정으로 감사드립니다.

우주와 자연의 은혜에 감사드립니다.

내가 몸담고 살아가는 국가의 은혜에 감사드립니다.

낳아서 길러 주신 부모님의 은혜에 감사드립니다.

승가의 은사이신 스승님의 은혜에 감사드립니다.

수행을 함께 하는 도반의 은혜에 감사드립니다.

내가 몸담고 지내는 여여선원 신도님들께 감사드립니다.

내가 살아가는 동안 은혜를 입은 친족과 친지들에게 감사드립니다.

힘들고 어렵게 살아가는 모든 사람 모든 생명들이 행복하도록 기도를 드립니다.

나라를 잃고 세계 곳곳을 떠돌아다니는 난민들이 정착하여 행복하게 살도록 기도를 드립니다.

기도를 마치고 저녁 정진에 들어갑니다. 저녁 6시부터 9시까지 세 시간 동안 참선 정진을 합니다. 자신을 바라보는 공부인 것입니다. 자신의 참마음을 깨달아야 한다는 사명감을 가지고 화두 정진에 몰두해 나갑니다. 가만히 앉아서 정진하는 것도 쉬운 일은 아

아주 쉬운 일인 것 같으면서도 쉽지가 않습니다. 무문관 수행은 철저히 자신과의 싸움입니다. 약한 생각을 가져서는 안 됩니다. 코뿔소처럼 자신이 처한 환경에서 정진의 고삐를 늦추지 말고 앞으로 밀고 나가야 하는 것입니다.

닙니다. 도중에 편하고자 하는 마음과 기대고 싶은 충동이 자신의 마음에서 일어납니다. 끊임없이 쉬고 놀고자 하는 안일한 생각이 자신의 마음에서 일어나서 자기 자신을 흔들어 놓습니다. 그 나태한 마음을 이겨 내고 정진 일념으로 밀고 나갈 수 있는 힘이 바로 정진력입니다.

저녁 정진이 끝난 다음 깔아 놓은 포단에서 108배 참회 정진을 합니다. 천천히 참회문을 읽으면서 자신을 돌아보며 정진을 하는 것입니다. 정진을 하는 동안 땀이 온몸을 적십니다. 참회 정진을 마치고 간단히 샤워를 하고 잠자리에 듭니다. 오늘 하루 무사히 정진을 잘 마친 데 대해 불보살님께 감사하다는 기도를 드립니다.

매일같이 똑같은 수행의 일과가 반복됩니다. 대면하는 사람 없고 말을 할 상대도 없습니다. 아주 쉬운 일인 것 같으면서도 쉽지가 않습니다. 무문관 수행은 철저히 자신과의 싸움입니다. 약한 생각을 가져서는 안 됩니다. 코뿔소처럼 자신이 처한 환경에서 정진의 고삐를 늦추지 말고 앞으로 밀고 나가야 하는 것입니다. 하루하루 시간은 흘러갑니다. 물이 흘러가는 것처럼 얻을 것 없는 것을 얻는 것입니다.

무문관에서

_ 2018년 5월 27일(음력 4월 13일) 일요일

무문관으로 들어와서 첫날 수행이 시작이 되었습니다. 무문관에서 조용히 일기를 써 볼 예정입니다. 그런데 무문관 생활이란 게 똑같은 방에서 똑같이 수행만 할 터라 일기가 너무 단조로워질 것 같습니다. 그래도 삶에서 느낀 점과 수행에서 느낀 점을 기록해 보는 것도 괜찮을 것 같습니다. 스스로를 묶어서 한철 수행을 하는 것입니다. 나 스스로 선택해서 온 것입니다. 정진을 잘 해서 깨달음을 얻으신 선사들이 지나 온 발자취를 따라가 보는 것입니다.

나이가 72세인 나에게 문이 열리고 문이 닫히는 것 자체가 큰 의미가 없습니다. 마음의 세계에서는 열어야 할 문도 없고 닫아야 할 문도 없습니다. 마음의 세계는 모양도 없고 흔적도 없고 자취도 없습니다. 다만 여여할 뿐입니다. 보고 듣고 이대로인 것입니다. 더 알면 무엇하고 조금 모른다고 어떠하겠습니까. 그냥 주어진 삶을 살아가는 것입니다. 그래도 현실은 현실인 것입니다.

다른 사람이 하면 다 쉬워 보이는데 본인이 직접 해 보면 쉬운 일이 하나도 없습니다. 나이가 들면 건강이나 컨디션이 젊을 때와는 다릅니다. 만용을 부리는 것은 좋은 일이 못 됩니다. 가끔 분수를 모르고 뛰어 들어온 것은 아닌가 하는 생각도 듭니다. 이왕 무문관에 들어왔으니 90일 수행을 보람 있게 해야 할 것입니다. 다시는 이런 기회가 와 주지 않을 것입니다. '자신을 갖자. 충분히 할 수 있다.' 스스로에게 자신감을 불어넣어 봅니다.

잠가 놓은 문을 열고 문 안으로 들어간다.
문은 있어도 아무 소용이 없다.
스스로의 의지에 의해서 잠가 놓은 문
언제든지 부수고 나갈 수가 있는 문이다.

문 없는 문을 열고 문 없는 문으로 들어간다.
누가 억지로 잠가 놓은 문 아니고
나 스스로 잠가 놓은 문
열고 나가면 언제든지 나갈 수 있는 문.
아무도 나를 밀어넣은 사람 없네.

아무도 나를 속박한 사람도 없네.

문 없는 문 안으로 들어왔네.

아무도 나를 묶지 못하네.

열 겹 스무 겹을 잠가 놓아도

내 여여한 마음은 잠글 수 없다네.

내 마음은 파란 하늘이어라.

새처럼 창공을 마음껏 날아라.

구름처럼 정처 없이 흘러가고 흘러온다.

_ 2018년 5월 31일(음력 4월 17일) 목요일

오전에 유나 소임을 맞고 있는 영진 스님 방에서 간단히 차 한 잔을 나누고 유나 스님의 안내로 기초선원을 탐방하고 결제 사진을 함께 찍었습니다. 그리고 유나 스님으로부터 무문관 생활에 필요한 훈시를 들었습니다. 핸드폰은 일절 사용해서는 안 됩니다. 노트북도 가지고 들어갈 수 없습니다. 몰래 가지고 들어간다고 해도 사용하다 발견되면 즉시 압수당하게 됩니다.

묵언 수행을 해야 합니다. 그러니 핸드폰은 쓸 수가 없는 것입니다. 책도 일절 가지고 들어가서는 안 됩니다. 수행에 방해가 되는 것은 용납되지 않는다는 것입니다. 급하게 몸이 나빠져서 병원을 가는 것도 용납이 되지 않습니다. 어떤 이유든 문을 열게 되면 폐관 정진은 끝입니다. 아마 지구상에 이런 엄한 규칙은 없을 것입니다.

유나 스님의 지시가 끝난 다음 곧바로 문이 잠긴 것입니다. 문이 잠기는 그 순간 갑자기 갑갑하다는 생각이 듭니다. 모든 것은 마음이라고 하는 일체유심조의 도리가 생각이 났습니다.

_ 2018년 6월 1일(음력 4월 18일) 금요일

아침 햇살이 밝습니다. 맑은 기운을 받으며 기공체조를 간단히 합니다. 산은 기운이 맑은 반면 습도는 높은 편입니다. 본래 기관지가 안 좋은데 습도가 높으면 체력을 잘 조절해야 할 것입니다. 오전에는 앉아서 좌선을 했습니다. 점심 공양을 마친 다음에는 방을 제대로 청소했습니다. 걸레를 빨아서 방 구석구석을 닦아 내었습니다. 그리고 가지고 온 생필품을 쓰기 좋게 정리했습니다. 옷도 한 벌은 옷걸이에 걸어놓고 내의는 서랍장에 정리를 했습니다. 약품을 보니 이것저것 많이 가지고 왔습니다. 신도님들이 구해서 보내준 약들입니다. 몸이 안 좋을 때 먹을 수 있도록 정리를 하면서 조금은 부끄러운 생각이 들었습니다.

맨주먹으로 아무것도 없이 끓여 먹을 간단한 도구 몇 가지만 가지고 토굴에서 살았는데 무문관에 오면서 가지고 온 살림이 너무 많은 것 같습니다. 나이가 들었다는 증거입니다. 약에 의지하겠다는 생각이 남아 있는 것입니다. 정리 조금 했다고 피곤한 느낌이 듭니다. 저녁에는 사제 정오 스님이 보내 준 중국차 대홍포를 우려 마시며 적적함을 달래었습니다. 혼자 마시는 차의 향기는 좋아도 별 의미가 없습니다. 몇 사람이 둘러앉아 세상 돌아가는 이야기꽃을 피우면서 마시는 차의 향기가 조금은 그리운 것 같습니다.

이제 무문관 생활이 시작된다.
넉넉한 마음으로 시작하자.
바쁠 것이 조금도 없다.
늘 자신을 바라보면서
대상과 내가 둘이 아님을 알면서 지내는 것이다.
이끌릴 것도 없고 끌고 올 것도 없다.
모든 것이 이렇게 펼쳐져 있는 것이다.

머무는 곳 이대로가 나의 삶이고 나의 수행 처소인 것이다.

산 좋고 물 맑은 백담사 무문관에서

3개월이 아니라 3년을 살아간다고

어려울 것이 무엇이 있겠는가.

나를 돌아보다

나를 바라본다

문 없는 문에 들어와 보니
텅 빈 방
그리고 조용하다.
홀로 지새울 내 방이다.
아무도 시비하지 않는 이곳
그 어떤 속박도 없는 곳이네.

새들이 지저귀는 소리를 듣고
흘러가는 시냇물 소리도 들어야지.
밤이면 풀벌레 울음소리를 듣고
목탁새 목탁 소리도 들어야지.
순수하고 꾸밈 없는 자연의 소리는
그대로가 화엄의 설법이네.

모두가 다 불성을 가지고 있다.
문은 잠기어 나갈 수는 없지만
마음은 새처럼 자유스럽다.

나를 돌아보다

오룡골에서의 토굴 생활

오룡골은 신불산에서 내려온 다섯 마리의 용이 기상 있게 뻗어 내려오면서 다섯 능선과 골을 만들어서 '오룡골'이라 합니다. 일설에는 통도사에서 자장 율사가 쫓아낸 용 다섯 마리가 이곳 골짝에 앉았다고 해서 오룡골이라는 전설이 있는 이름난 명지입니다.

오룡골은 다섯 능선을 중심으로 왼편에는 내원골이 있고, 좌청룡 너머는 장자골이고, 장자골을 넘으면 통도사 자장암이 나옵니다. 오룡골은 다섯 개의 능선을 가운데로 좌우 양쪽으로 계곡이 있어서 사철 끊임없이 맑고 깨끗한 물이 흘러내립니다. 산골을 타고 내려오는 계곡을 따라서 초가집이 10여 채 있는데 사람이 살고 있는 집은 대여섯 군데이고 나머지는 빈집입니다. 이곳에 살던 사람들이 시골집을 내버려 두고 돈을 벌기 위해 도심지로 나간 것입니다. 사람이 살지 않는 빈집은 곧 무너질 것 같은 모양인가 하면 마당에는 망초, 쑥, 잡초가 우거져서 발을 디디기 어려울 정도입니다. 그래도 이 마을이 소박하고 좋다는 생각이 듭니다.

은사 스님께서 책이나 읽고 조용히 정진하기 위해 이곳에 집을 한 채 사 놓으신 겁니다. 그 초가집에는 방이 세 칸 있었습니다. 도랑가에 붙은 집은 은사 스님께서 가끔 오셔서 쉴 수 있는 방 두 칸과 부엌, 마루가 있었습니다. 은사 스님이 머무시는 곳에서 한 15미터 떨어진 곳에 부엌 딸린 방 하나가 있는 초가집이 앙증맞은 모습으로 있었습니다. 무너져 가는 집에 흙을 파다가 물을 붓고 짚을 잘게 썰어 넣은 다음 이겨서 뚫리고 부서진 곳을 일일이 틀어막고 무너진 방구들을 고쳤습니다. 부뚜막에서 불을 때면 연기가 올라오지 않도록 흙을 이기고 발라서 수리를 하여 정진 방을 만들었습니다. 크기가 7자인 방, 한 평 반밖에 되지 않는 작은 방이었습니다. 작은 토방집이지만 마음을 쉬고 정진하기 더없이 좋은 곳이었습니다.

토굴 주변에는 대여섯 평쯤 되는 밭을 만들어서 상추, 쑥갓, 오이, 가지 그리고 호박 모종을 옮겨 놓고 한옆에는 들깨 모종도 옮겨 놓았습니다. 틈틈이 물을 주고 풀도 뽑아 주니 상추도 잘 자라고 쑥갓도 잘 자랐습니다. 오이는 나뭇가지를 잘라서 넝쿨이 타고 올라갈 수 있도록 받침목을 세워 주었습니다. 씨앗을 뿌리고 일주일 정도 되니 연초록 싹들이 고개를 내밀었습니다. 보름쯤 지나니 가냘픈 싹들이 쌈을 싸 먹을 정도로 자랐습니다. 아침이 되면 일어나서 식물들에게 물을 주고 잡초를 제거하고는 긴 나무지팡이를 들고서 포행을 나갑니다.

동이 트기 전 잿빛 새벽녘에 계곡을 따라서 물소리와 새소리, 풀벌레 소리를 들으며 외석리 마을 입구까지 걸어갑니다. 물소리, 새소리, 풀벌레 소리는 끝없이 들어도 마음이 고요하고 행복해집니다.

자연을 접하고 자연과 하나가 되어서 살아가면 온갖 시비는 다 사라지고 홀로 무심한 마음으로 자연과 동화되어서 걸어가고 걸어오게 됩니다. 따로 무언가 구하는 마음도 없고 비워야 할 마음도 없이 자신의 길을 걸어가는 것입니다. 의식은 그대로 맑고 고요합니다. 누구의 간섭도 없습니다. 걷고 있는 그대로 초연합니다.

걷고 있는 자신을 바라보면서 포행을 마치고 오면서는 오룡골 양쪽 골에서 내려오는 물가 반석 위에 옷을 벗어놓고 흐르는 시원한 물에 몸을 씻습니다. 산골에서 내려오는 물이 차갑게 느껴지지만 이내 흐르는 물과 동화되어 몸도 씻고 마음도 씻어 냅니다.

목욕을 하고 토굴에 올라오면 오전 8시쯤 되는데 아침 먹을 준비를 합니다. 투가리에 물을 한 대접 붓고 된장을 한 숟가락 떠서 잘 풀어놓은 다음, 감자 반 개를 썰어서 넣고, 호박 잎사귀 순을 껍

질을 벗겨서 넣고, 풋고추를 한 개쯤 썰어 넣고, 호박이 있으면 호박을 총총 잘게 썰어서 넣고, 들깻잎도 몇 장 넣고는 나무로 만든 덮개를 덮고 불을 때어 된장찌개를 끓입니다. 밥이라고 해야 쌀 한 주먹을 물에 씻어 바가지로 정성껏 일어서 작은 투가리에 안치는 것입니다. 찌개와 같이 걸어 놓고 불을 땝니다.

소나무 죽은 가지를 방언으로 삭다리라고 하는데 불심이 좋아서 불이 쉽게 붙기 때문에 삭다리를 항상 준비해 놓는 것입니다. 삭다리를 잘게 꺾어 불을 때면 크게 연기도 나지 않고 불살이 세어서 금방 밥도 되고 찌개도 됩니다. 반찬이라고 해 봐야 열무물김치 한 가지, 생된장에 상추쌈이나 깻잎쌈을 싸서 먹습니다. 오이가 있으면 풋고추와 함께 먹기 좋게 썰어서 생된장에 찍어 먹는 맛은 그대로 일품입니다. 구수한 된장찌개는 입맛을 돋워 줍니다.

밥은 하루에 두 끼를 먹습니다. 아침에 지어 놓은 밥을 반 정도 먹고, 저녁이 되면 밥이 담겨 있는 투가리에 물을 조금 데웁니다. 한쪽에는 아침에 먹다 남은 된장찌개를 걸어 놓고 불을 때어 데워지면 마치 새로 한 밥처럼 김이 나고 밥맛도 괜찮습니다. 밥을 짓고 된장찌개를 해 먹는 것은 토굴생활의 재미이고 활력입니다.

설거지를 하는 것도 간단합니다. 흐르는 물을 호수로 끌어들여서 고무 대야에 담고 넘치는 물은 밖으로 흘러나가도록 만들어 놓습니다. 밥 먹은 그릇이나 숟가락을 물에 담가 놓으면 흘러나가는 물이 자연스럽게 설거지를 해 놓는 것입니다.

토굴에 살아도 화장실은 필요합니다. 호박을 심을 만한 장소에 양동이 하나 들어갈 만큼 땅을 여기저기 몇 군데 파 놓고 나무기둥 네 개를 연결합니다. 밑의 네 기둥은 1미터 정도씩 벌려 놓고 위의 기둥은 한곳으로 묶은 다음 밖에 쌀자루를 뜯어서 엮어 놓으면 영락없이 바람막이가 됩니다. 그렇게 화장실을 만들어서 한 보름쯤 사용하다가 화장실 옆에 구덩이만 파서 옮깁니다. 그리고 사용했던 화장실은 불을 때어 모아 놓은 재와 거름을 흙에 섞어서 덮어놓은 다음 호박 모종을 옮겨 놓으면 호박은 인분 거름 덕분에 잘 자라게 됩니다.

오후에는 산나물을 뜯으러 산으로 올라가는데 도중에 도라지를 캡니다. 도라지 꽃은 멀리서 보아도 눈에 잘 띕니다. 남빛을 띤 꽃이 선명하기 때문입니다. 도라지는 근방에 가서 냄새만 맡아도 '아! 도라지구나.' 하고 느낄 수 있습니다. 고사리도 꺾고 보드라운 쑥도 뜯습니다. 산더덕은 향기가 좋습니다. 멀리서도 더덕의 특유한 냄새를 맡을 수 있습니다. 더덕 넝쿨도 대번에 눈에 띄므로 쉽게 더덕임을 알고 캘 수 있습니다. 가끔씩 느타리버섯도 따고 싸리버섯도 땁니다. 한나절 나물을 뜯다 보면 이마에 송글송글 땀방울이

맺힙니다. 잠시 쉬려고 나무 그늘에 앉으면 마음이 깊어지고 고요해지는 것을 스스로 느끼게 됩니다. 자연에 동화된 삶은 그대로 무심의 경지가 됩니다.

나물 뜯어 온 것 중에 느타리버섯이나 싸리버섯은 굵은 소금을 넣고 삶아서 건져 내어 맑은 물에 잠시 담가 놓아야 합니다. 싸리버섯은 잘못 끓여 먹으면 심한 복통과 배앓이를 할 수 있습니다. 남해 보리암 밑에서 토굴생활을 할 때 버섯을 잘못 먹고 밤새껏 토하고 연이은 설사로 며칠을 고생한 적이 있습니다. 버섯은 확실히 알고 먹어야 합니다. 도라지나 고사리, 산나물도 굵은 소금을 넣고 삶아서 건져 내어 맑은 물에 담갔다가 먹어야 합니다.

저녁을 먹고 나면 작은 차 판을 펍니다. 찻잔 하나를 놓고 주전자에 물을 끓여서 찻잔을 씻고 닦아 냅니다. 다관에 차를 넣고 물을 부은 다음 차가 우러나면 찻잔에 붓습니다. 저녁 별들을 바라보면서 차를 음미합니다. 한 잔 한 잔 마시다 보면 밤은 점점 깊어지고 풀벌레 울음소리는 점점 강하게 들려 옵니다. 맹꽁이도 질세라 울어 댑니다. 가끔 목탁새 소리도 들려옵니다. 아무도 없는 고요한 밤에 자연의 소리를 들으면서 차를 마시면 의식이 맑고 깊어지는 것을 느낄 수 있습니다. 시비가 다 사라진 곳입니다. 미워할 사람이 없고 찾아올 사람도 없습니다. 홀로 자신의 마음을 보면서 자연과 더불어 소박하게 사는 것입니다.

홀로 앉아서 좌선을 하면 마음이 고요하고 화두도 분명하게 잘 들립니다. 점심을 먹고 서너 시쯤 되면 지게를 지고 산으로 올라갑니다. 산에서 죽은 나뭇가지를 톱으로 잘라서 군불 땔 나무를 해 오는 것입니다. 많이 하지 않고 적당하게 해 옵니다. 작은 방이지만 매일 저녁 조금씩 불을 때는 것도 재미가 있습니다. 불쏘시개를 충분히 해 놓고 약간의 장작을 넣은 다음 불을 붙이면 쉽게 불이 붙습니다. 불을 때는 재미가 쏠쏠합니다.

저녁을 간단히 먹고 밤이 오면 거의 불을 켜지 않고 지냅니다. 참선을 하고 지냈기 때문에 밤하늘에 총총히 떠 있는 별을 보고 정진을 하는 것입니다. 잠을 자고 일어나 새벽녘에 방문을 열고 자연을 바라보면 보이는 그대로 가식도 꾸밈도 없이 펼쳐집니다. 그곳은 옳으니 그르니 시비가 없는 곳입니다. 이대로 하나도 더할 것도 덜할 것도 없는 것입니다. 자연과 내가 둘이 아니라는 사실을 느끼면서 홀로 깊은 희열에 잠기게 됩니다.

아침 일찍 방문을 열고 산을 바라보니
산색은 변함없는 그대로인 것

가식 없이 산을 바라보는 내 마음이나

바라보이는 나무나 풀이 둘이 아니구나.

바로 이대로 이대로구나.

산도 여여하고 나도 여여하구나.

모두가 여여할 뿐이구나.

여여한 그 마음이 차별 없는 진여의 마음이구나.

마음의 눈이 조금 뜨인다.

바라보이는 대상과 내가 둘이 아님을 알아차렸다.

머물고 행하는 것 그대로 도의 생활입니다. 여여하다는 도리를 알고 생활하니 아무리 번거로운 곳에 머물러도 마음은 여여해서 전혀 동요되지 않습니다. 생각의 그림자에 속지 않으니 시비가 온들 마음은 조금도 변화되지 않고 머물고 행하는 것이 늘 그대로입니다. 근본 진여의 자리는 늘 여여한 것입니다. 진여는 보이는 것은 아니지만 일상생활 언제나 있는 그대로입니다.

무너져 가는 집에
흙을 파다가 물을 붓고 짚을 잘게 썰어 넣은 다음 이겨서
뚫리고 부서진 곳을 일일이 틀어막고 무너진 방구들을 고쳤습니다.
부뚜막에서 불을 때면 연기가 올라오지 않도록
흙을 이기고 발라서 수리를 하여 정진 방을 만들었습니다.
한 평 반밖에 되지 않는 작은 토방집이지만
마음을 쉬고 정진하기 더없이 좋은 곳이었습니다.

오룡골 사람들

오룡골에서 살아가는 사람들은 참나무를 베어서 숯을 굽고 생활합니다. 힘이 넘치는 젊은이 15명 정도가 돌과 흙을 이겨서 숯을 굽는 흙가마를 만듭니다. 그런데 흙을 이겨서 가마를 만드는 데 들어가는 노력과 품이 대단합니다. 가마가 완성되고 나서는 참나무를 베어서 가마가 있는 곳으로 짊어지고 옵니다. 나무에 불을 붙이고 나무가 탄 다음 입구를 막아서 숯을 만드는 것입니다. 숯을 만드는 작업도 쉬운 작업이 아닙니다.

숯을 굽고 난 다음 숯을 담은 포를 만들어서 차가 다니는 길까지 짊어져서 내려야 합니다. 그러니 숯을 굽고 살아가는 분들의 노동은 아주 중노동인 것입니다. 열대여섯 명이 숯을 굽고 살아가지만 그분들은 대부분 그곳에 가족이 있지 않아 빈집을 수리해서 잠만 자고 밥은 밥집에서 부탁하여 먹고 사는 것입니다.

시골집 도랑 옆에 있는 집에는 한 부부가 와서 일하는 사람들에게 밥장사를 하면서 살았습니다. 부인은 밥을 하고 남편은 반찬을 만들고 상을 차립니다. 일하는 사람들은 밥집에서 매일 아침과 저녁을 먹고 점심은 도시락을 싸 가지고 가는 것입니다. 그러니 부부는 정신없이 바빴습니다.

그런데 그렇게 부지런히 사는 밥장사 부부가 밤이 되면 가끔씩 부부싸움을 하는 것입니다. 깊고 고요한 밤공기를 타고 부부가 싸우는 소리가 내가 수행하는 토굴까지 요란하게 들려오는 것입니다. 상스러운 욕설이 어지럽게 들려오면 '오늘 밤에 둘 중에 한 명이 죽는 것 아닌가.' 하는 우려가 될 정도의 엄청난 싸움이었습니다. 스님이 내려가서 남의 부부싸움을 말리기도 그렇고, 마음으로 걱정이 되는 것입니다.

날이 밝아 새벽이 와서 가만히 내려가 보면 두 사람 다 살아 있는 것입니다. 부인은 부엌에서 밥을 짓고 남편 되는 사람은 상을 차리고 반찬을 놓고 숟가락을 놓고 있습니다. 동네 아저씨들이 모여 와서 부러지고 깨진 상다리를 고치고 있고 한쪽에서는 깨어진 장독을 치우고 있는 것입니다. 언제 싸움을 했냐는 듯이 말입니다.

가만히 생각해 보니 지난밤에 싸움은 했지만 그 부부는 싸워도 싸운 바가 없는 것입니다. 그렇게 큰 소리가 나고 상이 날아가서 상다리가 부러지고 장독이 깨져도 그 부부는 태연하게 밥을 짓고 반찬을 만들고 두 분이 마주 앉아서 맛있게 밥을 먹는 것입니다. 정말로 도인들입니다. 보통 사람은 밤새 싸움을 하고 일어나서 밥을 하지 않았을 것입니다. 그 부부는 싸움은 싸움이고 밥은 밥인 것입니다. 내 마음속에는 그 부부가 자연 속의 도인으로 보이는 것입니다.

비우고 버리는 일이 그렇게 쉽게 이루어지지 않습니다. 화가 나는 것을 참는 것도 쉽지 않습니다. 도인의 세계는 집착이 없다는 것입니다. 집착 없는 마음은 참된 근본 마음을 깨달은 사람만이 가능합니다. 진아를 보고 느끼고 아는 사람은 어디에 있어도 여여합니다.

소중한 경험

오룡골의 동네 아이들이 가끔씩 내가 있는 작은 토굴에 놀러 왔습니다. 초등학교는 외석리에 분교가 하나 있는데 아이들은 십리길을 걸어서 그 학교를 다닙니다. 아이들은 학교를 가지 않는 날에는 가끔씩 토굴에 놀러 오곤 했습니다. 매일 내 토굴에 놀러 오는 아이들은 아직 학교를 다니지 않는 아이들입니다. 놀러 갈 곳이 마땅히 없다 보니 내가 있는 토굴에 자주 놀러 오는 것이었습니다.

여섯 살, 다섯 살, 네 살짜리 꼬마도 있습니다. 남자 아이 넷, 여자 아이 둘이 함께 옵니다. 산골이다 보니 아이들이 입은 옷이 가지각색입니다. 어떤 아이는 누런 코가 얼굴에 붙어 있습니다. 그때만 해도 휴지가 마땅치 않아 신문을 오려 놓았다가 사용하였습니다. 그래서 신문지로 아이들 얼굴에 묻어 있는 코를 닦아 주곤 했습니다. 얼굴도 제대로 씻지 않은 아이, 말끔하게 씻은 아이 모두 착하고 순수하고 조금도 때가 묻지 않은 천진한 부처님들이었습니다.

한 아이에게 성을 물었더니 "스님, 난 김가예요."라고 합니다.

"그래, 너는 성이 어떻게 되니?"라고 물으니 "스님 저는 이가예요." 라고 합니다. "그래, 이씨구나." 조그만 여자 아이에게 성을 물어 봤습니다. "김가예요."라고 대답을 합니다. 제일 작아 보이는 남자 아이에게 이름을 물어보니 "스님, 이중석입니다."라고 합니다. "그래, 아주 씩씩하구나."

한옆의 작고 귀엽게 생긴 여자아이에게 성을 물어보니 그 여자 아이는 "인동 장씨예요."라고 대답을 합니다. "아버지 성함은 어떻게 되니?"라고 묻자 꼬마 여자 아이는 "웃자는 '지' 자이고, 아랫자는 '성' 자예요."라고 대답합니다. '아! 나이는 어려도 부모로부터 가정교육을 잘 받았구나.' 그리고 그 아이가 귀엽다는 생각이 들었습니다. 웃을 때도 그냥 웃는 것이 아니라 치마로 얼굴을 가리고 "호호" 하고 웃는 것입니다. 가정교육은 소중하다는 것을 느낄 수가 있었습니다. 작은 예절 하나가 아이의 품위를 결정하는 것 같아 보였습니다.

동네 꼬마들을 빙 둘러앉히고는 참선을 시켜 봤습니다. 한 5분 정도는 눈을 꼭 감고 참선하는 흉내를 내었습니다. 숨을 천천히 들이마시고 천천히 내쉬는 것입니다. 숨을 들이마시고 천천히 내쉬면서 하나 둘, 이렇게 열까지 마음속으로 숫자를 세는 것입니다. 아이들은 눈을 살포시 감고 마음속으로 숫자를 세면서 잘 따라 합니다. "이제 다들 눈을 떠라. 마음이 조용해지지 않았느냐." 하고 묻자 아이들은 대답 대신 재미있다고 웃고 있는 것입니다.

여자 아이들이 설거지를 한다고 그릇을 닦습니다. 한 여자 아이가 "스님, 빨래할 것 있으면 내 주시면 빨아서 드릴게요." 하고 양말과 걸레를 가까운 계곡물에 가져가서 깨끗하게 빨아 왔습니다. "아이고, 착하구나. 너희들이 걸레를 잘 빨았구나." 하고 손을 잡고 손에 입김을 불어 주었습니다. "날씨가 제법 서늘한데 걸레와 양말을 빨았구나!" 귀엽기도 하고 대견스럽기도 하였습니다.

정진을 하는데 마당에서 큰소리가 나서 나가 보니, 머슴아 애기들이 작은 지게로 나무를 한 짐씩 해 와서 나뭇짐을 옆으로 매칠 때 난 소리였습니다. "스님, 저희들이 나무해 왔어요. 군불을 때세요. 우리가 불 때 드릴까요?" 하고는 아궁이에 불을 지피는 것이었습니다. 불을 때는 솜씨가 한두 번 해 본 일이 아닌 것 같았습니다. "아가들아! 스님이 때면 되는데. 그러다가 불똥 튀면 옷이 탄다." 만류해도 군불을 자기들이 땐다고 고집을 부립니다. 아이들 성화에 못 이겨 가만히 뜰에 앉아서 아이들 하는 모습을 보니 어릴 때부터 나무하고 걸레 빨아 청소하는 것이 자신들의 몫인 것처럼 자란 표시가 나는 것입니다.

나에게 놀러 오는 아이들을 데리고 1킬로미터가 넘는 약수터에 함께 걸어 올라갔습니다. 꼬마 아이들은 잘 따라오는 것이 아니라 나보다 먼저 달려갑니다. 가져간 컵을 꺼내어 작은 옹달샘에서 나는 물을 따라 마시도록 해 줍니다. 물에 적신 수건을 짜서 땀 흘린 아이들의 얼굴을 닦아 줍니다. 아이들을 보며 크게 "야호" 하고 소리를 지르자 꼬마 아이들도 질세라 "야호" 하고 소리를 지릅니다.

그리고 아이들을 돌에 앉히고 파란 하늘을 바라보면서 호흡을 세는 수식관을 시작하였습니다. 그렇게 앉아서 손바닥을 하늘로 가게 하고 어깨를 반듯하게 하고 천천히 숨을 들이마시고 천천히 숨을 내쉽니다. 혀는 입천장에 가볍게 붙이고 눈은 반만 감고 숨을 들이쉬고 천천히 내쉽니다. 들이마시고 내쉬면서 하나 둘 셋 이렇게 스무 번을 세고 일어나게 합니다. 아이들은 자신들이 도인이라도 된 듯이 좋아합니다.

내 걸망에 라면을 서너 봉지 넣어 갔습니다. 불을 피워서 라면을 팔팔 끓여 냅니다. 조그만 그릇에 라면을 똑같이 담아 아이들에게 나누어 줍니다. 아이들은 너무나 맛있게 라면을 먹습니다. 마치 내가 아이들의 유치원 선생님 노릇을 하는 것 같습니다. 약수터를 내려오면서 고향의 봄을 부르니 꼬마들이 따라 부릅니다. 큰소리로 목청껏 불러 봅니다.

나의 살던 고향은 꽃 피는 산골 복숭아꽃 살구꽃 아기 진달래
울긋불긋 꽃대궐 차린- 동네 그 속에서 놀던 때가 그립습니다.

산골짝에 다람쥐 아기 다람쥐 도토리 점심 가지고 소풍을 간다.
다람쥐야 다람쥐야 재주나 한번 넘으렴.
팔-딱 팔딱 팔딱 날도 참말 좋구나.

익어 가는 가을, 아이들과 동요를 부르면서 가는 약수터 산행은 내 마음속에 깊은 감동을 안겨 주었습니다. 새삼 부모님의 은혜가 마음속 깊이 와 닿습니다. 나도 이런 어린 시절이 있었구나 하는 생각이 일어나는 것입니다. 천진한 아이들의 순수한 마음이 너무나 아름답습니다.

한번은 아이들에게 우유 가루를 타 주었습니다. 그런데 아이들이 비린내가 난다고 먹지 않는 것이었습니다. 그래서 설탕물을 만들어 주니, 눈이 휘둥그레지며 "스님, 그건 벌 밥인데 먹으면 혼납니다."라는 것입니다. '아이들은 솔직하다.' 포수네 집에 벌통이 몇 개 있는데 그 꿀은 100퍼센트 진짜라고 했는데 아이들의 말을 들어 보니 그 꿀도 진짜는 아닌 것 같았습니다.

아이들과 보내는 동안 나도 가식이 사라지고 아이들을 닮아 갑

니다. 어린이들의 순수하고 꾸밈없는 그 마음이 나를 행복하게 해 주었습니다. '그래서 가정을 가진 부부가 아이를 낳고 키우는 것이구나!' 하는 것을 깨달을 수 있었습니다.

나를 돌아보다

감 따기

오룡골 토굴 옆에 묵은 감나무가 일곱 그루 있습니다. 늦가을이 되면 나무마다 재래종 토종 감이 빨갛게 익어서 파란 하늘과 아름답게 조화를 이루었습니다. 아침에 감나무 밑으로 가면 익은 감이 땅으로 떨어졌습니다. 먹을 것이 마땅치 않던 어려운 시절에 홍시는 빈속을 달래 주는 좋은 먹거리가 되었습니다. 아침에 홍시를 많이 주울 때는 서른 개쯤 줍게 됩니다. 떨어진 홍시를 물에 잘 씻어서 바구니에 담아 놓으면 동네 아이들이 놀러와서 맛있게 먹습니다. 아이들과 홍시를 먹는 것도 행복한 일이었습니다.

아이들과 홍시를 나누어 먹고는 감나무에 올라가서 감을 땁니다. 감나무에 올라갈 때는 감을 담을 수 있게 자루를 몇 개 준비해서 올라갑니다. 또 대나무를 깎아서 감을 따기 좋게 만들어서 손으로도 따고 대나무로도 감을 땁니다. 아이들에게 따서 내린 감을 쏟아 줍니다. 나는 위에서 감나무 가지를 잡고 손으로 딸 수 있는 만큼 감을 땁니다. 감나무는 단단하지만 보통 나무와는 달라서 부러질 때 예고도 없이 한번에 뚝 부러지기 때문에 조심해야 합니다.

아이들은 자기들도 감을 딴다고 나무를 타고 위로 올라옵니다. "야! 내려가라. 내려가라. 떨어져서 다치면 안 된다."라고 해도 말을 듣지 않습니다. 내려가라고 하니 아이들은 "너희들은 내려가라. 내려가." 하고 흉내를 냅니다. "높은 데는 올라가면 안 된다. 이제 한 자루가 다 찼으니 그만 따고 가자."고 아이들을 달래어서 토굴로 돌아옵니다.

딴 감을 토굴 마당에 쏟아 붓고 나서 감 꼭지를 가위로 잘라 내어 보관하기 좋게 만드는 작업을 아이들과 함께 합니다. 아이들은 무슨 일을 해도 즐겁고 재미있다는 표정입니다. 감을 따서 독에 잘 재워 놓으면 한겨울에도 먹을 수 있는 좋은 간식거리가 됩니다.

나를 돌아보다

화롯불 욕심

동짓날, 금강암에 올라갔습니다. 한동안 먹을 양식을 실어 올 큰 바랑을 짊어지고 갔습니다. 금강암 동지 행사를 마치니 노보살님과 신도회장 보살님이 쌀도 한 말 주시고 누룽지에다가 김치도 담아 주십니다. 미역귀도 주시고 초 동가리도 싸 주십니다. 그런데 담긴 담았는데 들어 보니 한 짐입니다. 주시는 정성이 소중하여 좀 무겁기는 하지만 지고 가기로 합니다. 금강암에서 토굴까지는 먼 길입니다. 석계에 내려 오룡골까지 이십 리는 되는 것 같습니다.

몇 번을 쉬고 절에 오니 밤 10시는 족히 넘은 것 같았습니다. 땀에 젖은 옷이 찬바람에 얼어붙는 듯했습니다. 아궁이에 장작을 넣고 불을 지핍니다. 장작이 잘 타는데 방에 들어와 보면 방바닥이 싸늘합니다. 며칠 불을 때지 않아서 제법 시간이 지나야 방구들이 데워질 것 같았습니다. 부엌에서 불을 쬐다 보니 화로가 보였습니다. 거기다 동네 젊은이가 숯을 한 포 선물로 가지고 온 것이 있었습니다. 장작불 위에 숯 덩어리 몇 개를 얹으니 불길이 더 밝아졌습니다. 숯에 벌겋게 불이 붙었습니다.

'아! 그러면 되겠구나. 화로에 불을 담아 방에 가지고 가면 방안이 금방 따뜻해지겠구나.' 생각하고는 화로에 벌건 숯을 담았습니다. 그리고 방안에 갖다 놓으니 금세 방안 공기가 훈훈하고 따뜻해졌습니다. '진작 숯불을 화로에 담아 놓았으면 이렇게 추위에 떨지 않았을 것을…' 하고 자책을 했습니다. 추위에 움츠러든 몸도 녹고 마음도 한결 고요해지는 것을 느낄 수 있었습니다.

'아! 이렇게 마음이 안정이 되고 고요할 때 참선을 하면 좋겠다.' 나는 곧 좌복을 펴고 앉아서 호흡을 천천히 가다듬었습니다. 점점 고요해져 갔습니다. 그리고 마음이 맑아졌습니다. 맑고 맑아서 영롱해졌습니다. 여태껏 참선을 해서 느끼지 못했던 깊고 깊은 삼매가 온 것 같다는 생각을 했습니다.

'아, 정말 이렇게 맑고 성성하고 역력하다니.' '너무 깊고 맑아지니까 좀 두려운 생각이 든다.' '이렇게 의식이 깊고 영롱하고 맑다니.' '혹시 내가 죽어 가는 것은 아닌가.' 하는 생각이 일어났습니다. '죽을 때 영식이 살아 있을 때보다 일곱 배가 맑다고 하지 않았는가!' 하는 생각이 들자 곧바로 일어나서 밖으로 나가 바람을 쐬려는데 몸은 그대로 앉아 있고 생각만 밖으로 나가서 바람을 쐬는 것이었습니다. '아! 이렇게 죽는구나. 그런데 조금만 몸이 오른쪽

으로 기울면 방문이 열릴 것 같은데….'

내 몸이 오른쪽으로 넘어가도록 모든 힘을 쏟아 부으니 몸이 조금씩 움직여 문 쪽으로 넘어져서 문이 열리고 목은 문지방에 얹히게 되었습니다. 시간이 얼마간 흘렀습니다. 숨이 터졌습니다. '아! 살았구나.' 구역질이 올라왔습니다. 정신이 돌아오니 차가운 밤기운이 느껴졌습니다. 하늘에는 별이 총총하였습니다. '아! 이럴 때 김칫국을 마시면 된다고 했는데 김칫국은 부엌에 있다.' 하고 손으로 방문 앞 뜰을 짚었는데 손에 힘이 하나도 없어서 몸이 마당에 나가떨어졌습니다.

차가운 마당에 엎어져서 어느 정도 시간이 흘렀습니다. 가만히 팔을 움직여 봤습니다. 다리에 힘이 조금 생겼습니다. 엉금엉금 기니까 기어졌습니다. 부엌으로 가서 김칫국에 얼굴을 묻고 벌컥벌컥 마셨습니다. '아! 살아났구나. 아! 살아났어.' 그대로 열반에 들 뻔했습니다. 나에게는 큰 경험이고 소중한 경험이었습니다. 작은 방에서 일산화탄소에 질식하여 사망할 뻔했던 것입니다.

모든 일은 침착해야 합니다. "돌다리도 두들겨 보고 건넌다."는 말처럼 매사 신중하고 조심해야 한다는 생각을 더 갖게 되었습니다.

나를 돌아보다

옻이 올랐다

잠을 자고 나니 온몸이 간지럽고 얼굴이 퉁퉁 부어 있었습니다. 오른 팔꿈치 쪽으로는 더 많이 부어올랐습니다. 얼굴이 너무 부어서 눈 뜨기가 쉽지 않았습니다. '이게 무슨 일인가!' 마음속으로 걱정이 되었습니다. 새벽녘 포행도 가지 않고 쉬고 있는데 아랫집에 사시는 기문이 아버지가 올라오셨습니다.

"스님! 얼굴이 퉁퉁 부었는데 가만 있어 보세요. 제가 자세히 보겠습니다." 하고는 내 얼굴과 손을 만져 보더니 "아! 스님, 옻이 올랐습니다."라고 하였습니다. '아니, 옻나무 근처도 안 갔는데 어디서 옻이 올랐을까?' 생각을 하는데 김 처사님이 "스님채 뒤편에 있는 나무가 바로 옻나무입니다."라고 하였습니다. "아! 생각이 납니다. 어제 밭을 조금 매는데 나뭇가지 늘어진 것이 있어서 낫으로 잘라 냈는데 그때 손에 송진 같은 것이 끈끈하게 묻었습니다. 비누로 닦아 내도 끈끈한 진이 쉽게 지지 않았습니다. 도랑에 있는 모래로 닦아도 지지 않았습니다. 게다가 그 옻이 묻은 손으로 세수를 했으니, 얼굴이며 목이며 팔뚝 그리고 다리까지 옻이 잔뜩 오른 것입니다."

옻이라는 이야기를 듣고 나니 온몸이 더 근질거리는 것 같았습니다. 하루 이틀이 지나도 나을 기미가 보이지 않았습니다. 얼마나 가려운지 거의 피가 나도록 긁어 대도 소용이 없었습니다. 옻 기운은 대단합니다. 옻 진이 묻은 오른 팔뚝은 몇 년이 지난 후에도 습도가 높고 기압이 낮으면 근지러웠습니다. 한동안 바깥 출입을 제대로 못할 정도로 애를 먹었습니다.

동네 아이들은 토굴에 올라와서 옻 오른 스님을 보자 재미있다고 웃어 댑니다. 얼굴이 부어서 눈이 제대로 떠지지 않는 얼굴을 하고 있으니 조그만 아이들 눈에 얼마나 우스웠을까요. 그중의 한 아이는 옻이 올랐는데 골짜기의 나는 물에서 목욕을 몇 번 하니 옻독이 사라졌다고 했습니다. 아이들을 따라 찬물이 솟아나는 샘에 가서 등목도 하고 세수도 했지만 옻독은 쉽게 낫지 않고 오랫동안 애를 먹였습니다. 그렇게 2개월 정도 옻과 싸움을 했습니다. 세월이 흘러서야 옻독이 가셨습니다.

정여 스님이 전하는 지금

머무는 그 자리에서 행복을

| **초판 1쇄 발행_** 2019년 3월 27일
| **초판 3쇄 발행_** 2019년 9월 13일

| **글 · 그림_** 정여
| **사진_** 정여 이수안

| **펴낸이_** 오세룡
| **편집_** 박성화 손미숙 김정은 이연희 김영미
| **기획_** 최은영 곽은영
| **디자인_** 고혜정 김효선 장혜정
| **홍보 마케팅_** 이주하
| **펴낸곳_** 담앤북스
서울특별시 종로구 새문안로3길 23 경희궁의 아침 4단지 805호
대표전화 02)765-1251 전송 02)764-1251 전자우편 damnbooks@hanmail.net
출판등록 제300-2011-115호
| ISBN 979-11-6201-144-7 03810

정가 15,000원